시차

〈K-픽션〉 시리즈는 한국문학의 젊은 상상력입니다. 최근 발표된 가장 우수하고 흥미로운 작품을 엄선하여 출간하는 〈K-픽션〉은 한국문학의 생생한 현장을 국내외 독자들과 실시간으로 공유하고자 기획되었습니다. 〈바이링궐 에디션 한국 대표 소설〉 시리즈를 통해 검증된 탁월한 번역진이 참여하여 원작의 재미와 품격을 최대한 살린 〈K-픽션〉 시리즈는 매 계절마다 새로운 작품을 선보입니다.

The 〈K-Fiction〉 Series represents the brightest of young imaginative voices in contemporary Korean fiction. This series consists of a wide range of outstanding contemporary Korean short stories that the editorial board of *ASIA* carefully selects each season. These stories are then translated by professional Korean literature translators, all of whom take special care to faithfully convey the pieces' original tones and grace. We hope that, each and every season, these exceptional young Korean voices will delight and challenge all of you, our treasured readers both here and abroad.

시차
Time Difference

백수린 | 전미세리 옮김
Written by Baik Sou linne
Translated by Jeon Miseli

ASIA
PUBLISHERS

Contents

시차
Time Difference

그가 떠나고 얼마 지나지 않아 그녀 앞으로 국제우편 한 통이 배달되었다. 그녀는 남편 책상 위에 놓인 마호가니 페이퍼 나이프로 봉투의 한쪽 모서리를 반듯이 갈랐다. 봉투 안에는 지난여름 강원도 함백산에서 찍었다는 밤하늘의 사진이 하나 들어 있었다. 먹으로 그린 듯 완만한 산등성이 위로 펼쳐진 하늘은 오징어잡이 배들의 불빛 탓에 새하얗게 빛났고, 하늘은 고도가 높아질수록 점점 더 감파래졌다. 유성처럼 쏟아지는 별빛은 청록색 창공을 사선으로 그으며 떨어져 내렸다. 그것은 언젠가 그가 보여주었던 북극광의 사진을 연상시켰다. 사진의 뒷면에 그는 이것이 유성우가 아니라 장시간 촬영으로 별

Not long after he had left, she received a letter from abroad. She opened it carefully, using the mahogany letter opener she found on her husband's desk. In the envelope was a photo of a night sky with a note that it had been taken in Hambaek Mountain the past summer. The sky immediately above the gently-sloping ridge, which looked as if drawn in Chinese ink, glowed white, illuminated by the lights of squid boats. Higher up, it was tinged with blue that grew thicker as the altitude increased. The starlight cascaded down like meteors diagonally across the turquoise-blue expanse. It reminded her of the picture of the northern lights he had once shown her. According to the note on

이 움직인 흔적을 찍은 것이라고 적어두었다. 사실 움직인 것은 별이 아니라 지구였겠지만. 그는 짧은 편지의 끝에 이렇게 썼다. 그때, 네가 우주의 끝에는 무엇이 있냐고 물었잖아. 우주가 끝나는 날엔 블랙홀이 우주를 집어삼킨 뒤, 블랙홀마저 집어삼켜 그것조차 사라질 것이라고 해. 그러니 모든 것이 소멸한 우주의 끝에는 더 이상 아무것도 없고 어떤 변화도 일어나지 않겠지. 그러면 틀림없이 시간의 의미 또한 사라질 거야. 시간은 더 이상 한 방향으로 흐르지 않을 거야. 암호 같은 몇 개의 문장으로 이뤄진 편지는 약간의 여백을 두고, 전부 다 대문자로 쓰인 다음과 같은 문장으로 끝을 맺고 있었다. HAVE A GOOD LIFE.

그녀는 그를 알게 된 이후 가끔씩 북극에 대해 상상했다. 균질한 빛깔의 얼음과 짙푸른 하늘을, 끝도 없이 펼쳐진 영원의 적막을. 그리고 카메라 뷰파인더에 눈을 댄 채 하늘을 바라보며 그가 느꼈을 고독 같은 것을 말이다. 그는 많은 날들 동안 얼음 위를 그저 걷고 또 걸었다고 했다. 그때 그는 얼음 위에서 무슨 생각을 했을까. HAVE A GOOD LIFE. 그녀는 그가 보내온 사진을 화장대 거울 앞에 세워 놓았다. 비스듬히 세워진 밤하늘

the back of the photo, it was not a meteor shower, but the movement of stars traced over a long time. What really moved was not the stars, but the earth, she thought. He wrote at the end of the short letter: "You asked me last time what was at the end of the universe, didn't you? When the universe comes to its end, a black hole swallows it up, and that black hole itself will also be gobbled up and disappear. That means, at the end of the universe, nothing is left to cause any change. Then, for certain, time will be meaningless, too. Time will no longer flow in one direction." The letter, composed of those several cryptic sentences, concluded with a bit of space, followed by "HAVE A GOOD LIFE."

After she came to know him, she tried to imagine every now and then the North Pole with its uniform color of ice, deep blue sky, expanse of eternal desolation, and the loneliness he may have felt while looking at the sky through the viewfinder of his camera. He said he had just walked and walked on the ice for many days. What indeed was he thinking on the ice at the time? "HAVE A GOOD LIFE." She put the photo he'd sent on the dresser, propped against the mirror. Across the slanted, nocturnal sky, the starlight born hundreds of millions of years ago was raining down, belatedly.

위로 수억 년 전에 반짝였을 별빛들이 뒤늦게 쏟아지고
있었다.

　그녀는 그와 지난여름 처음 만났다. 약속 상대를 기다
리게 하는 것을 몹시 싫어하는 그녀는 십오 분 미리 약
속 장소에 나가 있었는데, 그는 카페 앞에 서 있는 그녀
를 먼저 발견하고 슬며시 웃었다. 그가 웃자 눈은 초승
달 모양으로 구부러지고, 눈가에 주름이 세 개 선명하
게 잡혔다. 그녀는 그녀 역시 웃으면 눈이 그렇게 된다
는 사실을 잘 알고 있었다. 낯이 익어 낯선 그의 얼굴을
향해 그녀도 어색하게 미소를 지어 보였다. 그들이 처
음 만난 것은 대학가 지하철역 근처의 대형 카페 앞이
었다. 그 많은 사람들 틈에서 그들은 어색한 얼굴로 서
로를 알아보았다.
　그녀의 어머니가 그에 대해 이야기한 것은 서울 시내
가 한눈에 내려다보이는 호텔에서 식사를 마치고 집에
돌아왔을 때였다. 그날, 그녀는 남편의 승소를 축하하
기 위해 친정 식구들과 호텔에서 저녁 식사를 함께했
다. 남편이 그녀의 친정 부모를 대접하겠다고 모신 자
리였다. 그녀의 부모는 덕분에 기분이 매우 좋았다. 식

She met him for the first time in the summer that year. Since she hated to be late for appointments, she went to their meeting place fifteen minutes early. He recognized her first, standing in front of the café, and smiled at her sheepishly. When he smiled, his eyes curved into two crescent moons with three distinct lines of crow's-feet at each corner. She knew well that her own smiling eyes looked exactly the same. She smiled back awkwardly at him. He looked unfamiliar despite, no, because of the familiarity. This first meeting took place in front of a sizable café not far from a subway station in a university town. Among so many people there, they were able to recognize each other's awkward faces.

It had been when she and her husband just came home from dinner at a hotel restaurant overlooking the city of Seoul that her mother called and told her about him. That day, she and her husband had had dinner with her parents at the restaurant to celebrate her husband's winning a lawsuit. Her husband arranged it to treat her parents to a good dinner, which made her parents happy. The restaurant had a great master of Guangdong cuisine as its chef and was famous for not only its Guang-

당은 광동요리의 대가로 알려진 요리사가 셰프로 있는 곳으로 광동요리는 물론 사천과 북경 그리고 상해 요리까지 포함해 중국의 사대 진미를 모두 맛볼 수 있다고 소문이 나 있었다. 아버지는 이과두주를 몇 잔이나 마셨다. 술을 잘 못하는 그녀의 어머니는 딱 한 잔만 마셨는데도 얼굴이 붉어졌고, 많이 웃었다. 분위기가 좋았기 때문에 집으로 돌아간 뒤 몇 시간이 채 지나지 않아 그녀의 어머니가 심각한 목소리로 전화를 걸어왔을 때 그녀는 깜짝 놀라지 않을 수 없었다. 그녀의 어머니는 그를 만나 달라고 했다. 그때까지 그의 존재를 짐작조차 하지 못했으므로 그녀는 잠시 할 말을 잃었다. 만나서 무얼 해야 해? 그녀가 가까스로 대답을 하자 반응이 어떨지 몰라서 긴장하고 있던 어머니는 조금쯤 편안해진 목소리로 그냥 하루 만나서 관광 정도 시켜주고 밥도 사주었으면 좋겠다고 답했다. 사실 묻고 싶은 것들이 더 많았지만 어머니의 곤란해하는 말투는 그녀에게 더 이상 깊이 묻지 말라고 말하고 있었다. 아주 오래전부터, 어머니 뜻에 맞춰 살기로 결심했던 그녀로서는 그냥 어머니가 불러주는 그의 연락처를 받아 적고 전화를 끊었다. 종이에는 '최정훈'이라는 이름과 이메일 주

dong dishes but also its Sichuan, Beijing, and Shanghai dishes—the four great delicacies of China. Her father drank several glasses of *erguotou* (二鍋頭). It took only one glass of it for her mother, not much of a drinker, to turn red in the face and laugh a lot. They all had a wonderful time throughout the dinner, so she was quite taken aback when a few hours later her mother called her in a serious tone of voice. Her mother asked her to meet him. She was tongue-tied for a moment since she hadn't even dreamed of his existence. "What am I supposed to do when I see him?" she managed to ask. Her mother, who had been tense, not knowing how she would respond to her request, answered in a somewhat relaxed tone that she could just give him a tour of the city and treat him to a meal or two. In fact, she had so many questions to ask, but her mother's reluctance discouraged her from broaching the subject further. She had long remained determined to live up to her mother's expectations, so she just jotted down the contact information and hung up. On the paper were "Choe Jung-hun" and an email address.

Waiting for her husband to fall asleep, she sat at the dresser and carefully applied eye cream and regenerating cream. As usual, her husband

소가 적혀 있었다.

그녀는 남편이 잠들기를 기다리며 화장대 앞에 앉아 아이크림과 재생크림을 정성 들여 발랐다. 남편은 매일 그렇듯 자동차 관련 잡지를 훑어보다가 잠이 들었다. 그녀는 컴퓨터를 켜고 그에게 이메일을 보냈다. 그의 답장은 마치 그녀의 메일만을 하루 종일 기다리고 있었던 것처럼 금세 왔다. 그녀는 그가 묵고 있다는 게스트하우스 근처의 프랜차이즈 카페에서 만날 약속을 잡고 컴퓨터를 껐다. 메일 속 그는 영어에 능숙했고 그녀는 약간 안심했다.

그다음 날, 그녀의 남편은 여느 때와 다름없는 태도로 조간신문을 읽고, 아침을 먹고, 출근 준비를 했다. 여느 날과 차이가 있었다면 그녀의 어머니가 연락을 했느냐는 간단한 문자 메시지를 보내왔고, 그녀가 걱정 말라고 답을 했을 뿐이었다. 그녀의 어머니는 답을 받고 안심했다. 그녀의 남편은 여느 날처럼 서둘러 회사로 출근했다. 그녀는 삐죽 나와 있는 테이블 의자를 제자리에 가지런히 밀어 넣었다.

그는 말이 없는 편이었다. 어쩌면 그녀가 불편해서일

skimmed a car magazine before he fell asleep. She turned on the computer and sent an email message to him. His reply came right away, as if he had been waiting all day for it. After making an appointment to meet him at a franchised café near the guest house where he was staying, she turned off the computer. Judging by his email, he was fluent in English, which made her feel somewhat relieved.

The next day, her husband read the morning paper, as was his usual manner, had breakfast, and got ready to leave for work. If there was anything different from any other morning, it was her mother sending her a brief text message to check if she had contacted *him*, and she told her mother not to worry. Her mother seemed reassured. Her husband left for work in a rush as usual. She pushed the chairs back in place neatly under the kitchen table.

He was rather reticent. Perhaps because he felt uncomfortable with her. Or else he was just shy of strangers by nature. He was not as tall as she was and had his hair cut very short. She noticed a tiny earring in his earlobe. Dressed in jeans and a T-shirt, he could even pass for a teenager when he smiled. If she hadn't heard from her mother that he

수도 있었다. 아니면 단순히 낯을 가리는 편이거나. 그
는 그녀보다 키가 작았고 머리를 아주 짧게 깎았다. 그
의 귓불에는 작은 귀걸이가 박혀 있었다. 청바지에 티
셔츠 차림인 그는 웃을 때 제법 소년처럼 보였다. 그의
나이가 서른여덟임을 어머니를 통해 미리 듣지 않았더
라면 그녀는 그가 자신보다 어릴 거라고 착각할 뻔했
다. 그렇지만 무표정일 때의 그는 틀림없는 서른여덟로
보였는데 그 탓인지 그녀는 그가 조금 어려웠다. 일곱
살이나 많은 낯선 외국인 남성, 그것도 세상에 존재하
는 줄도 몰랐던 이종사촌과 갑자기 하루를 보내야 하는
상황이 온다면 누구라도 아마 자신처럼 막막한 심정을
느꼈을 것이라고 그녀는 생각했다.

　그들은 함께 지하철을 탔고 종로에 갔다. 이 도시를
처음 찾는 외국인들이면 누구나 가는 거리를 보여주어
야만 하지 않을까 하는 생각을 그녀가 했기 때문이었
다. 평일이라 그런지 거리는 비교적 한산했다. 허름한
골목에서는 노인들이 이른 시간부터 조미료 범벅의 찌
개를 앞에 놓고 큰 소리로 무엇인가에 대해 토론하고
있었다. 그는 붓이나 부채 같은 조잡한 관광상품보다

was thirty-eight, she would have thought that he was younger than her. Nevertheless, he definitely looked his age when he put on a poker face. Perhaps that was why she felt a bit timid in his presence: He was seven years older than her and a foreign man, and, to top it all, her cousin on her mother's side, whose existence she had never known about. Now, out of the blue, she had to spend a whole day with this cousin. She thought, under such circumstances, anyone would have been at a loss what to do.

They took the subway to the Chongro Station. She thought she should take him to the street that was invariably visited by first-time foreigners in Seoul. Since it was a weekday, the street was relatively quiet. In a rundown alleyway, although it was somewhat early to see, some old people were debating loudly about something, while sitting around a pot of stew full of MSG. He was more curious about things like the melons sold from a truck than about the crude souvenirs for tourists, such as calligraphy brushes or fans. In front of an old grain store, he spent a long time touching various kinds of colorful beans. The air in front of it was filled with the rich nutty aroma. What's that smell? he

트럭에서 파는 참외 같은 것들을 더 신기해했다. 잡곡을 파는 오래된 상점 앞에 한참을 서서 색깔이 고운 콩들을 만져보기도 했다. 참기름을 짜는지 상점 앞까지 고소한 냄새가 진동했다. 무슨 냄새야? 그가 물었다. 참기름을 만드나봐, 라고 대답하면서 그녀는 고소하다, 라는 형용사는 영어에 없을 것 같다고 생각했다. 아마 모르긴 몰라도 네덜란드어에도 그런 단어는 없을 것이다. 이거 이만큼만 살까? 푸른 콩 한 줌을 집는 그의 손을 보며 상점 주인은 아니, 남자 손이 뭐가 이리 고와, 했다. 정말 그의 손은 가늘고 길었다. 그녀는 고생을 안 해본 손이 틀림없다고 생각했다. 그녀는 이모의 손을 떠올렸다. 무엇에 쓰려는 것인지 그는 색색의 콩을 한 줌씩 샀다. 봉지를 흔들자 봉지에 담긴 색색의 콩들이 차르륵, 서로 부딪치며 소리를 냈다. 그 소리를 들으며 그가 또 웃었다.

그는 네덜란드에서 왔다고 했다. 네덜란드는 튤립이 유명하지? 하고 묻자 그는 고개를 끄덕였다. 아, 풍차도. 그녀의 말에 그가 웃었다. 그들에게는 공통의 화젯거리가 별로 없었다. 이모에 대해서는 그도 그녀도 말하지

asked. It seems somebody's making sesame seed oil, she answered, thinking that the English language might not have the exact equivalent of "*gosohada*," the adjective to describe the aroma of sesame-seed oil. Ten to one, there was no Dutch equivalent either. Shall we buy this one? he asked. Watching him scooping up a handful of blue beans, the store owner said, "Why, such a beautiful hand for a man!" Indeed, his hands were slender with long fingers. She was certain that he had never done any hard labor in his life. It reminded her of her aunt's hands. For some unknown reason, he bought various kinds of beans in different colors, a handful of each. When he shook the plastic bag containing the motley beans, they made a noise colliding with one another. Listening to it, he laughed again.

He said he was from the Netherlands. The Netherlands is famous for its tulips, right? she asked and he nodded. Ah, for windmills, too, she added, and he laughed. They had few common subjects to talk about. Neither he nor she mentioned her aunt, his mother. In a café they went in to find shelter from the heat outside, they kept moving the water glasses here and there on the table, fiddling with

않았다. 더위를 피하기 위해 찾은 카페에서 그들은 어색함을 견디기 위해 물컵을 옮기고 휴대전화를 만지작거리다가 자꾸 웃었다. 그는 팥빙수를 신기해했다. 비벼 먹는 게 좀 그렇지만 맛은 있어. 그녀의 말에 어, 정말 그렇네, 라고 그가 대꾸했다. 에어컨이 지나치게 세게 나오는 카페 안은 젊은이들로 가득했다. 외국인은 없어 보였다. 적어도 겉으로는 그 역시 다른 사람 눈에 외국인처럼 보이지 않을 것이라고 그녀는 생각했다. 숟가락이 비벼진 자리를 따라서 팥물이 든 얼음이 녹아내렸다. 성겼던 얼음 조각들이 사라져버렸다. 달다. 그가 말했다.

어디에 가고 싶어?

그는 가방에서 파란 표지의 여행책자를 꺼냈다. 론리플래닛. 푸른 바탕에 어느 옛 건물의 울긋불긋 화려한 단청이 확대되어 있는 표지는 아직 새것처럼 빳빳했다. 책을 읽은 별다른 표시는 없었지만 남산타워가 있는 페이지만은 모서리가 접혀 있었다. 그는 서울에서 가장 하고 싶은 것이 야경을 보는 일이라 했다. 그렇지만 야경을 보려면 밤까지 기다려야 하는데. 그 전에는 어디에 가야 하나 고민하며 여행책자를 뒤적이던 그녀의 눈길이 수산시장 사진 위에서 멎었다. 그녀가 남편의 업

their cell phones, and smiling often to endure the awkwardness. He was curious about the ice shavings topped with sweetened red beans. It's rather a nuisance to mix them well, but it's delicious, she said. You're absolutely right! he said after tasting a mouthful. The inside of the café was overly air-conditioned and crowded with young people. She saw no foreigners among them, though. At least on the surface, he won't look foreign to others, she thought. Along the ruts made in the ice shavings by the spoons, red bean-colored ice was melting. Soon, the ice shavings had lost all their fluffiness. It's very sweet, he said.

Where do you want to go? she asked him.

He pulled out a travelers' guidebook with a blue cover from his bag: *Lonely Planet.* On the cover, which looked in mint condition, was a picture of a traditional Korean wooden building with its multi-colored paintwork in focus, against a blue background. Nothing indicated that the book was used, except one dog-eared page with a picture of the Nam Mountain Tower on it. The thing that he wanted to do most in Seoul, he said, was look at the night scene of the city.

That meant they needed to wait for nightfall. She browsed through the book, wondering what to do

무 때문에 자주 만났던 주재원 부인들은 모두 수산시장을 신기해했다. 어쩌면 무의식적으로 이모를 연상한 것일까. 그녀가 잠시 이모를 떠올리고 있는데, 네덜란드에 와봤어? 그가 물었다.

아니, 네덜란드는 어때?

그가 잠시 생각하더니 대답했다.

작고, 조용하지.

한국은 어때?

그가 답했다.

한국은 아직 모르겠고 서울은, 크고 시끄러운 것 같아.

그가 덧붙였다.

아주 덥고.

그가 웃었다. 그녀도 웃었다.

그가 살던 도시의 이름은 로테르담이었다. 그는 휴대전화를 꺼내어 지도 속에서 그가 살았다는 도시의 위치를 찾아 보여주었다. 휴대전화에 저장된 사진도 몇 장을 보여주었는데 사진 속에는 즐비하게 늘어선 청회색 지붕의 벽돌 건물들과 잿빛 운하가 담겨 있었다. 그리고 그의 가족. 사진 속에 있는 백인 남자와 여자, 줄무늬 고양이와 한 명의 동양 여자를 그녀는 보았다. 무슨 말

in the meantime, until her eyes caught a picture of the Marine Products Market. The wives of foreign residents, whom she met often through her husband's work, found the market quite interesting. Was it the work of her unconscious that she was reminded of her aunt at the moment? While the image of her aunt was still in her mind's eye, he asked, Have you been to the Netherlands?

No, what's it like?

He gave it some thought and replied: Small and quiet.

What do you think of Korea?

No ideas about Korea yet, but Seoul—huge and noisy...Very hot, too.

He laughed and she also laughed.

He used to live in a city called Rotterdam, he said. He took out his cell phone and looked up a map of the city for her. He also showed her a few pictures stored in the phone: one of rows and rows of blue-gray-roofed brick buildings and an ashen canal; another of his family with a white couple, a striped cat, and an Asian woman in it. She wanted to say something, but she hesitated for a while, not knowing what was the right words to say at the moment. The people in the picture looked very happy.

이든 하고 싶었지만 무슨 말을 하는 것이 적절한지 몰라 그녀는 잠시 망설였다. 그들은 아주 행복해 보였다.

부모님이 다정해 보이신다.

그녀의 말에 그는 고개를 크게 끄덕였다. 그들은 팥빙수를 남김없이 먹고, 물을 한 잔 마시고, 카페를 빠져나왔다. 그녀는 지도를 보며 수산시장으로 가는 동선을 확인했다. 그사이 그는 카메라를 꺼내어 거리를 찍었다. 사람들이 커다란 카메라를 들이대는 그를 흘깃 쳐다보고 지나갔다.

그녀는 사실 이모를 잘 몰랐다. 이모는 너무 멀리 살았다. 일찍 고향을 떠나 그녀가 태어나기 이전부터 수도권에 정착한 그녀의 가족이나 엄마의 다른 육 남매와 달리, 이모는 계속 반도의 서남단에 살았다. 이모는 친척 모임이 있을 때마다 자주 소외되었다. 많으면 일 년에 한두 번 명절 때에야 겨우 이모를 볼 기회가 있었는데 어려서부터 이모는 그녀에게 그저 까맣고 작다, 라는 인상을 주는 사람일 뿐이었다. 그녀의 어머니보다 손위였지만 이모는 어머니의 동생처럼 어머니를 따랐다. 이모가 중학교만 나왔는 데 반해 그녀의 어머니는

Your parents seem like a happy, loving couple, she said.

He gave a strong confirmatory nod at her remark. They finished the whole bowl of ice shavings and drank a glass of water, and finally left the café. On the way to the Marine Products Market, she kept consulting the map to make sure they were on the right track. Meanwhile, he pulled out a camera and took pictures of street scenes. People would throw a glance at the man who turned a big camera on them.

As a matter of fact, she didn't know her aunt that well. She lived much too far away. Unlike the rest of her family, which had settled in the metropolitan area before she was born, and her mother's other six siblings, who had done the same, this aunt had never left the southwestern end of the peninsula. Often, this aunt was not seen at family gatherings. Once or twice a year, at most, she had a chance to see this aunt on national holidays. The image of her, since her childhood, had remained simply as a small, dark-skinned woman. Although older than her mother, her aunt had always been fond of her mother, like a younger sister, perhaps because her mother had a doctor's degree while her aunt was

박사학위까지 받았기 때문인지, 아니면 성격이 소심하고 겁이 많은 이모와 달리 어머니에게 결단력과 추진력이 있기 때문인지는 그녀가 알 수 없었다. 그렇지만 분명한 것은 이모에게 크고 작은 일들이 일어날 때마다 그 모든 것을 처리해준 것은 언제나 그녀의 어머니였다는 사실이었다. 이모부는 양식업을 하셨는데 덕분에 명절 때마다 그녀의 가족은 싱싱한 해산물을 선물로 받을 수 있었다. 이모부는 이모보다도 더 말이 없었고, 사투리를 심하게 썼으며, 일중독이었다. 이모와 이모부 사이에는 그녀와 동갑인 아들이 하나 있었다. 아주 어렸을 때 누군가의 장례식장에서 어른들을 따라 조문객들에게 절을 하다 혼났던 것을 제외하면 같이 어울린 기억은 없었다. 이모와 이모부의 아들은 중·고등학교 시절 사고를 많이 쳤고, 고등학교를 졸업한 이후에는 바로 택배 일을 시작했다. 트럭을 몰고 이 도시에서 저 도시로 달릴 그가 언젠가 그녀의 택배도 저 멀리 누군가에게 운송했을지도 모르지만, 그녀는 어쨌든 성인이 된 그와 마주친 적이 없었다.

수산시장에는 비린내가 진동했다. 그들은 바닥에 고

28

just a middle-school graduate. Or perhaps because her mother had determination and leadership, as opposed to her own fainthearted timidity. One thing was clear: whenever something, big or small, happened to her aunt, it had always been her mother who took care of everything. The aunt's husband was in the business of fish farming, which meant her family always received fresh sea products on every festive day. Her uncle was worse than her aunt when it came to reticence, though, spoke with a broad dialect, and was a workaholic. They also had a son her age. She remembered one day when they were very young, at someone's funeral, they both got scolded for bowing to the condolence callers, imitating the adults. Except for that day, she had no memory of playing or getting together with their son. The boy had gotten himself into much trouble throughout his middle- and high-school years. Immediately after graduating from high school, he started a home-delivery business. Driving his truck from one city to another, he might have delivered something for her to someone far away. But she had never run across him as a grown-up.

The market stank of fish. They walked carefully

인 비린 물웅덩이를 피해 성큼성큼 걸었다. 신은 신발의 굽이 높은 탓에 그녀는 웅덩이를 피하다가 종종 비틀거렸다. 그는 지금껏 그들이 함께 갔던 곳, 보았던 것들 중에서 수산시장을 가장 좋아하는 게 틀림없었다. 그는 개불이 남성의 성기를 닮았다며 낄낄대다가 그것의 한국 이름이 개의 불알에서 유래했다는 것을 듣고는 폭소했다. 그는 그의 나라에서는 본 적이 없는 물고기들을 호기심 어린 눈으로 바라보았다. 좌판에 줄지어 누워 있는 물고기의 등이 푸른빛으로 반짝거렸다. 바다색이 아니라 낡은 대중목욕탕의 깨진 타일을 연상시키는, 어딘지 안쓰럽고 처연한 푸른빛이었다. 그녀는 소란스런 수산시장 안을 거닐며, 화난 사람처럼 딱딱한 그의 말투가 네덜란드어 특유의 억양 탓일지도 모르겠다고 생각했다. 괜찮다는 그를 굳이 끌고 수산시장 내의 음식점으로 들어섰다. 개불과 멍게, 해삼을 조금씩 주문하고 소주를 시켰다. 얼굴을 찡그리며 손사래 치는 그에게 억지로 해산물을 먹이고 소주를 따라주었다. 낮술에 얼굴이 붉어졌다. 그녀가 그에게 물었다. 근데 너네덜란드 이름은 뭐야? 그가 웃더니 차례차례 알파벳을 불러주었다.

so as not to step in the puddles of fishy water. Since she was wearing high heels, she often ended up staggering while trying to avoid the puddles. It was apparent that he liked the market the most among all the places they'd been and things they'd seen. At the sight of the *gaebul*, he giggled, saying it looked like male genitals. When he heard that *gaebul* had come from the word for dog's testicles, he burst out laughing. He was intrigued by fishes he had never seen. The dorsal parts of the fish lying on display boards in rows shone blue. It wasn't the same blue as the color of the sea, though. To her, the color of the fish there seemed that of broken tiles in some rundown public bathhouse, a pathetic and wretched blue. She wandered around the noisy market with him, thinking that his manner of speech, brusque as if he was mad, might stem from an accent peculiar to the Dutch. Although he had declined with thanks, she insisted on taking him to a restaurant inside the marketplace. She ordered some *gaebul*, sea squirt, sea cucumber, and *soju*. She made him eat the food and poured some *soju* in his glass, despite his adamant resistance, pulling faces and waving his hands. Midday drinking made their faces burn red. She asked him: By the way, what's your Dutch name? He laughed and

V, I, N, C, E, N, T.

아, 빈센트!

빈센트라는 이름에 오래전 귀를 잘랐다던 고독한 화가의 얼굴이 떠올랐다.

반 고흐, 빈센트 반 고흐?

그녀는 자꾸 실없이 웃고 싶었다.

너도 그림 그려?

그는 사진을 찍는다고 했다.

무엇을?

음…… 밤하늘을.

그는 오로라를 찍기 위해 북극에 갔었던 일을 이야기하기 시작했다. 처음 도착했을 때 그를 놀라게 했던 완벽한 고요에 대해서. 그의 발밑에서 눈이 부서지던 소리와 바닷새의 날갯짓 소리 외에는 아무 것도 들리지 않았던 완벽한 침묵의 순간에 대해. 그가 만났던 한 사내의 삶에 대해. 그리고 그 사내가 체중을 재기 위해 귀에 인식표를 달아야 했던 북극곰에 대해서.

낮술에 얼굴이 뜨겁고, 그녀는 벽에 등을 반듯이 대고 앉아 그를 바라보았다. 그의 낯설고, 낯익은 얼굴을. 그녀가 잘 알지 못하는 남자와 단둘이 술을 먹는 것은 결

spelled it out for her: V, I, N, C, E, N, T.

Ah, Vincent!

She recalled the face of the lonely painter called Vincent, who was said to have cut his ear off a long time ago.

Van Gogh, Vincent van Gogh?

She knew it was silly, but she felt like laughing on and on.

Do you paint, too?

He said he took photographs.

Of what?

Well...night skies.

He began to talk about his trip to the North Pole to take photographs of the northern lights. And about how surprised he was at the absolute stillness upon arriving there. About the moment of perfect quiet, except for the sound of snow crumbling underfoot and the fluttering wings of sea birds. About the life of a man he met there. And the polar bears on whose ears that man had to attach ID tags for keeping track of their weights.

Her face burned from the drink; she sat with her back straight against the wall, facing him and his unfamiliar, yet familiar face. In her married life, it had been the first time she drank with a man she didn't know well—in broad daylight at that.

혼 후 처음 있는 일이었다.

한국에는 왜 왔니?

술기운을 빌려 그녀가 물었다.

우리는 한 사람에 대해 얼마나 알고 있을까. 그녀는
빈센트를 보며 생각했다. 그녀는 이모에게 서른여덟 해
가 묵은, 두 개의 눈과, 두 개의 발, 수십 조(兆) 개의 세
포로 이루어진 비밀이 있다는 사실을 짐작조차 하지 못
했다. 그녀의 어머니는 빈센트, 아니 정훈에 대해 말하
며 목소리를 낮췄다. 이모부도 모르고, 아빠도 모르는
일이야. 언니는 그때 고작 스물셋이었어. 스물셋. 어릴
때는 누구나 잘못을 저지를 수 있잖니. 어머니가 낮고
단호한 목소리로 말했다. 갑자기 그녀의 심장이 무엇인
가에 내몰리는 짐승처럼 쿵쿵쿵쿵, 빨리 뛰었다. 어머
니는 송수화기 너머에 있었으므로 보이지 않았지만 그
녀는 마치 어머니의 얼굴을 마주하고 있는 것만 같았
다. 어머니의 눈은 지난 십여 년 동안 불씨가 꺼진 방처
럼 서늘하고 어두웠다. 사람들에게는 누구나 비밀이 있
는 법이다. 아무에게도 발설할 수 없고, 누구에게도 들
통 나서는 안 되는 비밀. 그녀는 잘 알고 있었다.

What brought you to Korea? the liquor had given her the courage to ask him.

How much do we know about anybody else? she thought, looking at Vincent. She had been completely oblivious to the fact that her aunt had kept this secret for thirty-eight years, which consisted of two eyes, two legs, and trillions of cells. Her mother had lowered her voice when telling her about Vincent, no, Jung-hun, over the phone. Neither your uncle nor your father knows about it. Sister was only twenty-three at that time. Twenty-three. You know, people can make mistakes when they're young. Her mother had said in a low yet resolute voice. Suddenly her heart began to beat fast, thud-thud-thud, as if it were an animal being driven out by something. Although they were just talking over the phone, she felt as if she were face to face with her mother. For ten-odd years, her mother's eyes had looked cold and dark, like a room that had not been heated for a long time. We all have secrets. Secrets that should never be told or exposed to anybody else. She knew it well.

They went up Nam Mountain to watch the nighttime view of the city before they said good-bye. There was something she had to tell him on behalf

그들은 남산에 올라 야경을 보고 나서 헤어졌다. 그녀에게는 어머니를 대신하여 그에게 전해야 할 말이 있었다. 사실 어머니가 그를 만나 달라고 부탁한 것은 그 말을 전하기 위함이었다. 그녀가 머뭇대는 사이 그들은 지하철 입구에 다다랐다. 헤어지기 전, 그가 말했다.

강원도에 갔다가, 다시 서울에 돌아오면 토요일이야. 그때 다시 볼 수 있을까?

토요일에 한 번 더 만날 거라면 어머니의 전언을 지금 전하지 않아도 될 것이다. 그 말을 꼭 지금 전할 필요가 없어졌다고 생각하자 그녀는 마음이 편해졌다. 그들은 토요일에 다시 보기로 하고 헤어졌다. 그는 강원도에 갔고, 그녀는 서울에 남았다. 서울에 남아 남편을 위해 야채주스를 갈고, 식사를 준비하고, 요가학원에 갔다. 남편은 한결같이 다정했으나 늘 바빴다. 그녀의 남편은 그 무렵 유명 케첩회사의 허위광고 여부에 대한 검찰조사를 대비하고 있었다. 그녀가 사는 신혼집은 외국인 주재원들이 주로 거주하는 지역에 위치해 있었는데 그녀는 매주 화요일에 주재원 부인들에게 한국 요리를 가르쳐주는 자원봉사를 했다. 수요일에 그녀는 시내 서점에 들러 영문 서적 코너를 구경하다가 고흐의 전기

of her mother. In fact, that was the reason why her mother had asked her to meet him. While she was still debating whether to tell him, they arrived at the entrance to the subway station. Before parting, he said:

I'm going to Gangwon Province, but I'll be back in Seoul on Saturday. Can I see you again then?

If I can see him again on Saturday, I won't have to give him the message right now, she thought. As soon as she realized it wasn't necessary to do it right away, she felt much better. They agreed to meet once more on Saturday and separated. He went to Gangwon Province and she remained in Seoul. At home, she blended vegetables and cooked meals for her husband, and went to the yoga studio. Her husband was affectionate to her as usual, but always busy. Around that time, he was preparing for a prosecutorial investigation concerning a well-known ketchup manufacturer accused of making false advertising claims. She and her husband, still newlyweds, were living in a house in an area where most of the residents were foreigners. Every Tuesday, she did volunteer work teaching the wives of foreign residents how to cook Korean dishes. On Wednesday she dropped by a downtown bookstore. Browsing among the

를 우연히 발견했다. 책의 뒷면에는 전기문학의 새 지평을 열었다고 평을 받는 캘리포니아 주립대학의 영문과 교수가 쓴 책이라고 적혀 있었다. 책의 표지를 장식한 그림은 그녀가 남편과 몇 해 전 뉴욕현대미술관에서 실제로 보았던 작품의 복사본이었다. 영문과를 졸업하고, 결혼하기 직전까지 로펌에서 번역 일을 했던 그녀는 직장을 그만둔 뒤부터 영어로 된 글을 읽을 일이 많지 않았다. 그녀는 영 소설 두 권과 함께 영문판 반 고흐 전기를 구입했다. 목요일과 금요일에는 동네 카페에 나가 커피를 마시며 고흐에 관한 책을 읽었고 간간이 마음에 드는 문장을 찾으면 밑줄을 그었다. 이를테면 그녀는 예술에 대해 아는 것이 없었지만 '예술이여, 우리를 구원해다오. 너의 가없는 축복 없이는 우리가 고통을 이겨낼 수 없을지니' 같은 문장에, 혹은 '고흐는 만사가 변하게 마련이라는 불멸의 법칙을 알고 있었다' 같은 문장에, 그리고 '사랑하는 테오야, 밤이 깊어졌다. 너는 여기에 없구나' 같은 문장에 밑줄을 그었다.

그들은 시외버스 터미널에서 다시 만나기로 했다. 시내의 고가도로 철거 공사 탓에 그녀는 의도치 않게 조

English language books, she happened on a biography of Van Gogh. The back cover said it was written by an English professor at the University of California who, according to some critics, had opened a new horizon in the field of biography. There was a painting from Van Gogh on the front cover of the book, the one she and her husband had seen at the Museum of Modern Art in New York a few years ago. She had majored in English literature at a university. After graduation, she had worked in a law firm as a translator until she got married. Since then, she had hardly had a chance to read books in English. She bought two novels as well as the biography at the bookstore. On Thursdays and Fridays, she sat in a neighborhood café and read the biography of Van Gogh, underlining the sentences she liked. Although she knew little about art, she underlined sentences like: "Art, save us. Without your endless blessing, we cannot survive the pain of life"; "Gogh knew the everlasting truth that everything is bound to change," and "My dear Theo, it's late at night. But you're not here."

They were supposed to meet at a cross-country bus terminal. On her way to the terminal, there was a demolition of an elevated express way in prog-

금 늦었다. 그녀는 아랫입술 오른쪽 부분을 습관적으로 씹었다. 그는 그의 몸피보다 더욱 큰 배낭을 발밑에 놓은 채 대합실 기둥에 기대서 있었다. 수많은 사람들 틈에서 이번에도 그는 그녀를 금세 알아보았다. 그녀는 윗니로 물고 있던 아랫입술을 놓았다. 그에게서는 여행자의 냄새가 났다. 이곳에 속하지 않는 사람의 냄새. 그는 지난번에 만났을 때 그녀에게 이번 장기 여행을 위해서 그가 일하던 고등학교에 휴직계를 냈다고 말했다. 그의 계획대로면 일본에서 며칠을 보낸 그는 한국에서 열흘을 보낸 후 중국에 갔다가, 네팔로 넘어갈 것이었다. 히말라야 산맥의 설경과 밤하늘을 사진에 담고 싶다고 했다. 그에게 한국은 경유지 그 이상도 이하도 아니라고도 했다. 그녀는 하루를 이미 같이 보냈다고 아주 조금은 익숙해진 그의 얼굴이 처음 만났을 때보다 더 까맣게 그을렸다고 생각했다. 재회하거나 이별하는 사람들의 틈을 빠져나오며 오늘 특별히 가고 싶은 곳이 있냐고 그에게 물었다. 그는 잠시 고민하더니 다시 한번 서울의 야경이 보고 싶다고 말했다.

그녀와 남편은 그녀가 일하던 로펌에서 만났다. 그는 로펌에 속한 변호사였는데 그들은 종종 엘리베이터 안

ress, which delayed her and made her unintentionally a bit late. It was a habit of hers to keep chewing the right side of her lower lip. He stood leaning against a pillar in the waiting room, with a backpack bigger than him on the floor by his feet. Even among the countless people, he immediately spotted her again. She stopped biting her lip. He smelled of a traveler. The kind of smell that gave him away as an outsider. He had told her at their first meeting that he had taken a leave of absence from the high school he worked for to make this long trip. According to his itinerary, he'd already spent a few days in Japan before he came to Korea. After spending ten days in Korea, he would fly to China and then on to Nepal. He said he wanted to take pictures of the snowscapes and night skies of the Himalayas. To him, Korea was just a stopover. Since their last meeting, his face seemed to have grown more familiar to her. She thought his skin looked more tanned than the last time. As they left the waiting room, threading their way through the people reuniting or parting, she asked him if he had any particular place in mind he wanted to go. He mulled over it for a moment and replied that he wanted to see the night view of Seoul once more.

에서 마주쳤다. 그녀가 남편과 결혼하겠다고 말했을 때 그녀의 부모는 무척 흡족해했고, 온갖 친지와 친구들에게 그녀와 그녀의 남편을 자랑했다. 결혼식은 호텔에서 호화롭게 치러졌다. 그녀의 부모는 주변인들의 부러움 어린 시선을 한껏 즐겼다. 그녀는 부모가 기뻐하는 것을 삶의 이유로 알았기 때문에 보통의 신부가 느끼는 것보다 더욱 행복했다. 그녀의 어머니와 아버지는 모두 대학교수로 두 사람 다 아직 정년퇴임을 하지 않았을 때여서 식장은 하객들로 붐볐다. 그녀가 학창 시절 일등을 하거나, 명문대학에 입학하거나, 좋은 직장에 취직할 때마다 주변 사람들은 웬만한 아들보다 몇 배 더 나은 딸이라고 그녀를 치켜세웠다. 결혼식 날까지 오 킬로그램을 더 감량한 그녀는 평소보다 훨씬 예뻤고, 변호사인 남편은 굽 높은 신발을 신어 키가 훤칠해 보였다. 대부분의 하객들은 사진 촬영을 하는 그녀의 식구들을 쳐다보며 어떻게 이렇게 많은 행운이 한 가족에게 몰릴 수 있는지 질투 섞인 의문을 품었다.

그들은 63빌딩에 도착했다. 남산타워에는 한 번 올랐으니 시내가 내려다보이는 63빌딩에 데려가면 되겠지,

She and her husband had met at the law firm where they worked. Her husband was one of the lawyers in the firm; she'd often run into him in the elevators. When she told her parents that she would marry him, they were very satisfied with her choice, bragging about her and her husband to all their friends and relatives. Their wedding ceremony was held in a hotel in an extravagant fashion. Her parents thoroughly enjoyed the envious looks of the people around them. She was much happier than most brides, who didn't believe their parents' happiness was their reason for being, like she did. Her mother and father were both university professors. The wedding was before their retirement, and the wedding hall was crowded with well-wishers. When she had had a part-time job as a student, or when she entered a prestigious university, or when she found a great job after graduation, the people who knew her family praised her, saying she was many times better than any relatively well-turned-out son. She'd lost five kilograms by her wedding day, so she looked much prettier than usual, and her husband appeared much taller with the help of high-heeled shoes. Most of the well-wishers who watched her family taking wedding pictures jealously wondered how

하고 생각한 것까지는 좋았는데 야경을 볼 수 있을 때까지 너무 많은 시간이 남았다. 근처에 국회도 있고, 방송국도 있어. 그녀가 당황해서 이런저런 아이디어를 꺼내놓자 그는 상관없다며 그냥 전망대에나 올라가보자고 말했다. 그들은 엘리베이터를 타고 건물의 가장 높은 곳까지 올랐다. 날씨가 맑아서 시내가 한눈에 들어왔다. 건물들이 들쑥날쑥한 탓에 풍경이 그다지 아름답지는 않았다. 그녀는 오래전 부모와 함께 살았던, 강변의 아파트를 눈으로 찾았다. 벌써 지은 지 삼십 년이 더 된 아파트에서 그녀는 초등학교 육 학년 때까지 살았다. 그 무렵, 근방에서 가장 높은 건물이었던 아파트는 이제 주변의 더 높은 건물들에 둘러싸여 왜소해 보였다. 서울은 확실히 밤에 보는 게 더 나아. 남산에서 보는 게 나았지? 그는 발밑에 흐르는 강이나 조그만 자동차들을 질리지도 않는지 계속 쳐다보았다. 그녀는 지난번, 남산타워에 올랐을 때도 그가 꽤 오랜 시간 도시를 내려다보았던 사실을 떠올렸다. 그는 집집마다 불이 켜진 도시의 밤을 한참 바라보았다. 그날 그의 얼굴은 담담했고 평온해 보였다. 아름답다, 라고 그가 말했다. 축제의 시작을 기다리듯 기대로 가득하던 눈빛.

on earth one family was able to have all the luck in the world.

They arrived at the 63 Building. She thought the building would do this time, since they'd already been to the Nam Mountain Tower. It seemed to be a good idea at first, but then she realized belatedly that there were too many hours to wait until night-fall. There's the National Assembly Building and a TV station nearby to sightsee, if you like, she said. As she rambled on with one idea after another, at a loss for what to do, he told her not to worry about the wait and suggested they go up to the observa-tion deck anyway. They took an elevator to the top floor. It was such a fair day that they were able to get a clear view of the city. Nevertheless, the cityscape wasn't that beautiful with all the uneven arrays of buildings. She scanned the view for the apartment building where she'd lived with her par-ents long ago. She had lived in that thirty-odd-year-old apartment building until she was a sixth grader in elementary school. At that time, the building had been the tallest in the area, but now it looked dwarfish surrounded by taller ones. Seoul certainly looks nicer at night. The view's better from the Nam Mountain, isn't it? she said. But he

유럽의 밤이랑은 아무래도 다르지?

그 밤, 그녀의 질문에 그는 고개를 끄덕였다.

내가 살던 곳에서는 보통 이렇게 늦게까지 사방에 불을 밝혀놓고 있지는 않아.

오후의 햇살을 받은 도시는 초라했다. 그녀는 그를 따라 창밖을 보다가 강변에 늘어선 푸른 나무들을 발견했다. 벚나무였다.

봄이면 저 거리에 온통 꽃이 펴.

그녀가 말했다. 체리 블러썸. 시간이 흐르면 꽃이 피고 진다. 그리고 시간이 더 많이 흐르면 마른 가지에서 또다시 움이 튼다. 살아가면서 필요한 것은 단지 그런 것뿐인지도 몰랐다. 시간의 흐름이 허락하는 선한 치유. 그러나 아무리 시간이 흘러도 끝내 지워지지 않는 것들도 있다. 그럼에도 사람들은 시간을 살아낼 것이다. 희망을 버리지 못하고. 그녀는 유리 너머를 바라보며 덧붙였다. 저 나무에서는 하얀 꽃잎이 눈꽃처럼 떨어져. 언젠가 너도 볼 수 있기를.

그들은 전망대 벤치에 앉아 해가 지기를 기다리기로 했다. 그는 별로 말이 없는 편이었으므로, 둘 사이에는

didn't seem to get tired of the view, never taking his eyes off the tiny cars and the river flowing far below. She remembered their visit to the Nam Mountain Tower the last time. There, too, he'd gazed down for a very long time at the cityscape at night, illuminated by the light from the windows of each house in it. That night, his face had looked serene and peaceful. It's beautiful, he'd said. His eyes had been brimming with hope, as if he were waiting for a festival to begin.

It's different from the night scene of Europe, isn't it? she'd said.

He'd nodded at her question the other night.

Where I used to live, lights aren't kept on all over the city until this late at night.

The city under the afternoon sun looked shabby though. She looked out the window as he did and spotted the green trees standing along the river-side road. Cherry trees.

In spring, you can see cherry blossoms all along the road, she said.

Cherry blossoms. With time passing, flowers bloom and then fall. And when the time comes, new buds begin to swell again on the dry branch-es, she said. Perhaps all we need in life is things like that. Like the gentle healing that the passage of

자꾸 침묵이 흘렀다. 해가 질 때까지는 아직 시간이 많이 남았고, 그녀는 침묵이 흐르면 같이 있는 사람이 불편해하고 있는 것은 아닌지 걱정하는 성격이었다.

어떻게 하다가 별 사진 찍는 일에 관심을 갖게 되었어?

그녀는 애써 질문거리를 찾아내었다.

천문학을 공부했거든.

그의 답은 짧았다.

한국엔 처음 온 거잖아, 한국에서도 별 사진은 좀 찍을 만해?

그녀의 질문에, 그가 답했다.

한국에는 사실 두 번째인 거지.

그는 농담조로 말하며 왔다, 갔다, 를 뜻하듯 왼쪽 검지로 앞을 한 번, 엄지로는 뒤를 한 번 가리켰다. 처음에는 그의 말이 무슨 뜻인지 알아듣지 못했던 그녀는 이내 왜 두 번째인지를 깨닫고 당황했다. 그녀가 그의 농담에 어쩔 줄 모르겠다는 표정을 감추지 못하자, 그 역시 당황하기 시작했다. 어색한 침묵이 흘렀다. 그녀는 또다시 억지로 화젯거리를 찾았다.

밤하늘의 별을 보고 있으면 가끔 무섭지 않아?

그는 대꾸가 없었다.

time allows. In fact, there are things that can never be forgotten, no matter how long time passes. Nevertheless, people are able to survive, refusing to give up hope. Looking out the window, she added: White petals fall like snowflakes from those trees. I hope you'll be able to see it someday.

They decided to wait for the nightfall by sitting on one of the observatory benches. Since he was a reticent person, the silence persisted between them. Many hours were still left until the sunset; she was the kind of person who fretted that the silence was making the other person uncomfortable.

How did you get into photographing stars? she asked him.

Taking pains, she'd come up with a question.

I studied astronomy, he gave as a brief answer.

This is your first visit to Korea, right? How do you like taking pictures of stars here?

He answered: As a matter of fact, this is the second time.

He said it in a joking tone, pointing his left index finger forward once and then his thumb backward once, appearing to mean going away and coming back. At first she didn't get the meaning of his gesture, but soon she understood why it was the sec-

난 가끔 우주를 생각하면 무섭더라고. 우주가 계속 팽
창하고 있다던데, 그 끝엔 과연 뭐가 있을까, 하고.

그녀는 자꾸 쓸데없는 말을 늘어놓았다. 그는 계속 답
이 없었다. 그녀는 낭패라고 생각했다. 대체 왜 63빌딩
꼭대기에 이렇게 잘 알지도 못하는 사람과 앉아 이러고
있어야 하는지 원망스러운 마음이 들었다. 그만 가자.
그녀는 속으로 몇 번이나 이 말을 되풀이했다. 그만 일
어나자. 그녀는 어떻게 해야 이 어색함을 풀 수 있을지
몰랐다. 아랫입술을 물고 싶은 충동을 억누르며 그녀는
어금니를 꽉 물었다. 느닷없이 그가 입을 열었다.

왠지 고양이들의 마음을 알 것 같아.

네덜란드에서 그가 키웠던 세 마리의 고양이들에 대
한 이야기였다. 한 마리는 까맣고, 한 마리는 회색이고
나머지 한 마리는 갈색 바탕에 흰 줄무늬를 지닌 고양
이였는데 각각 뉴턴, 아인슈타인, 볼츠만이라 불렸다고
했다. 너무 살이 쪄 배가 땅에 끌리는 세 마리의 늙은 고
양이들은 언제나 창가에 앉아 이웃집에 불이 켜지는 것
을 지켜보았다.

이웃집 불이 켜지길 기다리는 건지는 어떻게 알아?

그녀가 묻자, 그는 어깨를 으쓱하며 사실 그건 나도

ond time and became flustered. Watching her obviously at a loss how to take his joke, he also got embarrassed. An awkward silence resumed. Once more, she was in desperate straits, searching for another subject.

Don't you sometimes feel scared while looking up at the stars at night?

He didn't respond.

Every now and then, I get scared thinking about the universe, she went on. I've heard that the universe keeps expanding. If so, what is there at the end of it all, I wonder.

She rambled on. He remained silent. She felt helpless. She resented being stuck like that with an unfamiliar person sitting opposite her on the top floor of the 63 Building. Time to quit, she repeated to herself many times. Let's call it quits. Resisting the impulse to bite her lower lip, she clenched her teeth. Suddenly, he broke the silence.

I think now I somehow understand how the cats feel.

It was about the three cats he had kept back in the Netherlands. One was black, another gray, and the last brown with white stripes, called Newton, Einstein, and Boltzmann, respectively. The three old cats were so fat that they moved around with

모르지, 하고 답했다. 아무튼 저녁 늦은 시간 그가 집에 돌아올 때, 코너를 돌면, 그는 언제나 삼 층 그의 집 창문가에 앉아 이웃집을 내려다보고 있는 거대한 고양이 세 마리를 볼 수 있었다. 그가 여행을 떠나기 직전에 살았던 그 집은 십육 제곱미터밖에 되지 않아 몹시 좁았지만 복층이었다. 거대 고양이들의 털이 수시로 날렸고, 그의 옛 애인이 잊고 간 브래지어가 어딘가에 처박혀 있을 그의 집.

그 고양이들은 어떻게 됐어?

그녀가 물었다.

한 마리가 늙어서 죽었는데, 다른 한 마리가 따라 죽었어.

그가 무심한 어조로 말했다.

나머지 한 마리는?

그가 대답했다.

볼츠만은 부모님 집에 맡기고 왔지.

그런데 뉴턴, 아인슈타인은 다 알겠는데 볼츠만은 누구야?

그녀가 물었다. 유리창 너머로 건물들의 불이 일제히

their bellies dragging on the floor. They'd always sat by the window, watching the lights switched on in the neighboring house.

How do you know that they were waiting for the lights to turn on?

When she asked, he shrugged his shoulders and said, In fact, I don't know that either. Whenever he rounded the corner on his way back home late in the evening, he would see the three enormous cats sitting by the window on the third floor of his house, watching the neighboring house. The house he had lived in before he set out on the journey was very small, 16 square meters to be precise, but was a duplex—where cat hair always flew about and where his ex-girlfriend's bra might still be stuck in some corner.

What happened to the cats?

One died of old age, then another followed it, he said matter-of-factly.

What about the last one?

I left Boltzmann with my parents.

By the way, I know Newton and Einstein, but who's Boltzmann? she asked. Outside the window, the lights of the buildings came on all at once.

반짝, 켜졌다.

시간이 이미 너무 늦었고 남편이 늦는다고 문자 메시
지를 보내왔기 때문에 그녀는 63빌딩 내의 식당에서
그와 함께 간단하게 저녁을 먹었다. 그때 산 콩은 어쨌
어? 그녀의 질문에 그는 커다란 가방에서 색색의 콩이
담긴 비닐봉지를 꺼내어 보여주었다. 그가 흔들자 봉지
에서는 찰랑, 찰랑 소리가 났다. 헤어질 시간은 자꾸 가
까워왔다. 그녀는 이번에야말로 지난번에 전하지 못한
말을 해야 한다는 생각이 들어 초조했다. 말을 꺼낼 방
법이 떠오르지 않아 그녀는 자꾸 머뭇거렸다. 그는 휴
대전화를 꺼내어 저장되어 있던 그의 사진들을 보여주
었다. 북극광의 사진과 맥홀츠 혜성 사진 같은 것들을.
식사를 다 마치도록 그녀는 그에게 해야 할 말을 결국
전하지 못했다.

그들은 63빌딩을 빠져나오기 전에 기념품 가게에서
조잡한 기념품들을 구경했다. 그는 선반 위에 놓인 스
노우볼을 보면서 오래전 읽었던, 네덜란드 출신 입양아
작가가 쓴 '시차'라는 제목의 자전소설에 대해 이야기했
다. 그 소설은 스노우볼 속 플라스틱 모조 집에서 흘러

It was getting late and her husband had sent her a text message that he would come home late, so she had a simple dinner with Vincent at a restaurant in the 63 Building. What did you do with the beans you bought the other day? she asked him.

He pulled out the plastic bag containing the beans from his bulky backpack and held it out for her to see. When he shook it, the beans rattled in the bag. Their parting time drew nearer and nearer. She was getting anxious, knowing that it was her last chance to deliver the message from her mother. She didn't know how to bring it up, so she kept hesitating. He took out his cell phone and showed her the pictures he'd taken of the northern lights, Comet Machholz, and the like. The meal was over, but she ended up failing to give him the message again.

Before leaving the building, they dropped by its souvenir shop and looked at the crude souvenirs. When he saw a snowball on one of the shelves, he told her about an autobiography he'd read a long time before, titled "Time Difference," written by the adopted child of a Dutch couple. It was a story of a child who hankers for the light coming out of the plastic house inside a snowball and steals it. Judging by the outline, she thought it was quite a weird

나오는 불빛을 동경해 스노우볼을 훔치는 입양아에 대한 이야기라고 했다. 줄거리만 들어서는 꽤 기괴한 소설일 것 같다고 그녀는 생각했는데 그는 그저 지루하고 진부한 줄거리의 소설이었다고 간단히 요약했다. 기념품 가게를 나설 무렵부터 그녀는 충동을 이기지 못하고 오른쪽 아랫입술을 씹었다. 그녀는 머릿속으로 말을 고르며 그와 함께 63빌딩을 빠져나왔다. 건물 밖은 시끄러운 소음과 거리를 가득 메운 인파로 정신이 없었다.

이게 무슨 일이지?

연인들과 가족들이 손을 잡고 모두 한곳으로 서둘러 향하고 있었다. 교통순경은 요란하게 호루라기를 불며 교통을 통제했다. 이게 무슨 일인가요? 그녀가 지나가는 누군가를 붙잡고 물었다. 그녀에게 팔을 붙들린 고등학생은 곧이어 한강 변에서 불꽃축제가 있을 것이라고 큰 소리로 말했다. 버스도 운행되지 않았고, 지하철도 운행되지 않는다 했다. 그녀의 심장이 조금씩 빠르게 뛰기 시작했다. 그녀는 사람들이 많은 곳을 좋아하지 않았다. 차라리 다시 63빌딩 안으로 들어가 행사가 끝날 때까지 기다리는 것이 낫지 않을까 하고 그녀는 생각했다. 빈센트는 신이 난 얼굴로 불꽃놀이를 보러 가자며 그녀

story. But he summarized it as just a tedious and hackneyed story. By the time they left the souvenir shop, she gave in to the impulse and started chewing her lower lip. She came out of the building with Vincent, trying to choose the right words. The street outside was so noisy and crowded that they were taken by surprise.

What's happening? he asked.

Young couples and families holding hands were all rushing in one direction. Policemen were trying to control the traffic, constantly blowing their whistles. What's going on? she stopped a passer-by and asked. The high-school student who had had his arm grabbed by her shouted that a fireworks festival was about to begin by the Han River. No bus, no subway running, said the student. Her heartbeat sped up. She hated to be in crowded places. She thought about going back into the building and staying there until the whole thing was over. Vincent, looking excited, pulled her by the arm and asked her to go see the fireworks with him. Ah! She was going to say no. She abhorred crowds. However, she saw Vincent already striding into the throngs of people with no hesitation. His back was bobbing up and down in the sea of people, like a buoy in the waves. Feeling that he might

의 팔을 끌었다. 아! 그녀는 싫다고 말하려 했다. 사람이 많은 곳은 정말 질색이었다. 그렇지만 그는 성큼성큼 주저함도 없이 어느새 인파 속으로 들어갔다. 그의 뒷모습은 많은 사람들 속에 섞여, 파도 위에 떠올랐다 가라앉는 부표처럼, 보였다가 보이지 않기를 반복했다. 인파 속에서 익사할 것 같은 그의 뒷모습을 보며 그녀는 본능적으로 다급하게 그의 뒤를 쫓았다. 그녀는 앞을 가로막고 걷는 사람들의 틈에 몸을 비집었다.

　　사람들의 몸이

　　　　그녀의 몸을

　　　　　　밀치고 지나갔다.

어깨가 부딪쳤다.

　　　　부표 같은 그의 머리가,

사람들의 땀 냄새.

drown in the crowds, she instinctively began to follow him in haste, elbowing her way into the crowd.

People's bodies

jostled

her body by.

Shoulders bumped into shoulders.

His buoy-like head

Smell of sweat.

rose,

People's clothes touched her cheeks.

and fell,

Solid bodies crashed against her.

and rose again.

솟았다가,

뺨에 닿은 타인 옷의 촉감.

가라앉고,

부딪쳐 오는 단단한 육체.

다시 솟았다.

그러자 그녀의 몸에 아주 오래전 잃어버린 줄만 알았
던 감각들이 되살아났다.

정확히 십칠 년 전의 일이었다. 초등학교 졸업식이 있
던 날, 친구들과 찾았던 놀이공원. 그날도 사람들이 이
렇게 그녀의 몸을 부딪고 지나쳤다. 그녀가 손을 뻗어
사람들을 밀쳐냈지만 사람들이 그녀의 몸을 밀어내고,
밀어내고, 밀어내었다. 그녀는 맹수에 쫓기는 연약한
짐승처럼 헐떡이는 심장의 고동 소리를 들었다. 그녀는
사방을 둘러보았으나, 인파 속에서 아무도 발견하지 못
했다. 큰 소리로 외친다고 생각했지만 목소리가 나오지

Just then, her senses began coming to life—the senses she thought had been lost to her.

It had occurred exactly seventeen years before. On the day she graduated from elementary school, she went to an amusement park with her friends. People kept bumping into her on that day too. She had stretched out her arms to stop them, but they pushed her away again and again and again. She heard her heart fluttering like a small animal chased by savage beasts. She looked all around her, but she couldn't find anybody she knew in the crowd. She thought she would cry out, but nothing came out of her throat. He had clearly said that he would stay right beside the ticket inspector. All he had to do was sit beside the ticket inspector and wait for her to come back from a ride with her friends, for only a few minutes. She cautioned him many times and he nodded his head to indicate he'd under-stood her. Her friends who had been waiting for her urged her loudly to hurry: If you don't come now, we'll just go by ourselves. Her brother was not tall enough to be allowed to take the ride. Just this once, she thought. But when she got off the ride, her brother was no longer there.

Vincent jostled his way forward through the peo-ple. She followed right behind him, with her face

않았다. 분명히 그는 검표원 곁에 있겠다고 말했다. 아주 짧은 순간, 그녀가 친구들과 놀이기구를 타고 올 그 시간 동안 검표원 옆에 앉아 그녀를 기다리기만 하면 되었다. 그녀는 몇 번이고 그에게 주의를 주었고, 그는 알아들었다고 고개를 끄덕였다. 그녀를 기다리고 있던 친구들이 재촉하며 소리를 질렀다. 빨리 안 오면 우리끼리 간다. 그녀의 동생은 아직 키가 너무 작아 놀이기구를 탈 수 없었다. 딱 한 번만. 하지만 그녀가 놀이기구에서 내려왔을 때, 그는 더 이상 그곳에 없었다.

그가 사람들을 뚫고 앞으로 나아갔다. 그녀는 그의 배낭에 얼굴을 묻다시피 한 채 그의 뒤를 따라갔다. 그들은 인파를 헤치며 가까스로 둔치의 가장 높은 곳에 올랐다. 하늘은 까맣고, 둔치는 사람들 머리로 가득 찼다. 장관이구나. 그가 말했다. 불꽃이 저쪽에서 터지나봐. 그는 강 쪽으로 몸을 틀었다. 검고 빛나는 물이 서쪽을 향해 흘러가고 있었다. 강 건너에는 몇 채의 낡은 아파트들과 붉은 전광판을 매단 고층의 건물이 몇 서 있었다. 불꽃이 터지길 기다리는 사람들의 아우성. 그녀는 터질 듯 뛰는 심장을 가라앉히기 위해 크게 숨을 들이켰다. 다리에 힘이 풀렸다. 어머니와 아버지는 뭐가 그

almost buried in his backpack. They managed to climb up to the highest point of the waterfront. The sky was dark and the waterfront was covered with people's heads. What a spectacle! he exclaimed. Fireworks must be exploding over there. He turned around to face the waters. The river was flowing to the west, gleaming black. On the opposite side of the river stood several antiquated apartment buildings and a few high rises crowned with red electric signs. Hearing the clamor of the people waiting for the fireworks to begin, she breathed in deeply to calm her heart, which was beating hard as if it would explode. Her legs felt weak. What business kept you so busy that you had to let him go with her to the amusement park for a picnic? her mother and father had blamed each other, but never her. Crying her eyes out, her mother ran around, looking for the boy, like a deranged person. As time passed, though, she somehow learned to live through one day after another as if nothing had ever happened. Her mother packed her lunch, drove her to her private lessons, and took her to department stores to buy her clothes. Her mother had to survive for her. And she also had to live on for the sake of her parents. They stopped talking about her brother altogether. It seemed nothing

리 바빠 그를 그녀와 함께 놀이공원에 보내야만 했냐고 서로를 탓했지만 단 한 번도 그녀를 탓하지 않았다. 어머니는 몹시 울었고, 미친 사람처럼 여기저기를 헤맸으나, 시간이 흐르자 아무 일도 없었던 듯이 일상을 살아내었다. 그녀의 도시락을 싸주었고, 학원에 차로 태워다주었고, 백화점에 데려가 옷을 사주었다. 그녀의 어머니는 그녀를 위해 살아내야 했다. 그리고 그녀 역시 그녀의 부모를 위해 삶을 살아내야 했다. 그들은 두 번 다시 그에 대해 이야기하지 않았다. 아무것도 달라지지 않았고, 모든 것은 그대로였지만 단 하나도 그대로인 것은 없었고, 모든 것은 달라져 있었다.

그녀는 가까스로 숨을 고르며 커다란 배낭을 발아래 내려놓은 채 강을 응시하는 그의 옆얼굴을 바라보았다. 그에게 어떻게 전해야 할까. 그의 생모가 그를 보기 원하지 않는다는 말을.

그의 발밑에 놓인 배낭은 길을 잃은 소년처럼 웅크리고 있었다. 그는 이 배낭을 메고 세계 곳곳을 떠돌아다니며 별을 사진으로 찍는다고 했다. 그런 그에게 한국은 그저 긴 여정 중 지나가는 곳에 불과할 뿐이라고 그는 틀림없이 지난번에 말했다. 그렇지만 그녀는 여전히

had changed, everything remaining the same; but, in fact, nothing had since been the same and everything had changed.

Trying to get her breath back, she looked at Vincent's profile as he stared down at the river, with his big backpack at his feet. What's the right way to give him the message: that his biological mother didn't want to meet him?

The backpack at his feet seemed to hunker down on the ground, like a boy who'd gotten lost. He said that with that pack on his back, he had been traveling all over the world, taking pictures of the night sky. To him, Korea was nothing more than a stopover during his long journey, he'd stated last time. Nevertheless, she still didn't know how to tell him what her mother had asked her to.

Hey, look at that! he suddenly shouted.

She turned her eyes toward where his finger was pointing. There stood three buildings, including the apartment building where she'd once lived, partially screened from view with a placard: "No to Redevelopment Plan" written on it.

Can you see it, too? Those buildings are slanting.

She couldn't understand what he was talking about.

Slanting?

그에게 어머니의 전언을 어떻게 전해야 할지 알 수 없었다.

저것 좀 봐.

갑자기 그가 그녀를 향해 소리를 질렀다.

그녀는 그가 가리키는 방향을 쳐다봤다. 그곳에는 재개발 반대라는 현수막으로 가려진, 오래전, 그녀가 살았던 아파트를 포함한 건물 세 채가 서 있었다.

너도 보여? 저 건물들이 기울어지고 있어.

그녀는 그가 하는 말을 알아들을 수 없었다.

기울어졌다고?

응, 옆으로 기울어져 있잖아.

그는 강 건너의 건물이 틀림없이 기울어져 있다고 했다. 그녀의 눈에는 강 건너의 어떤 건물도 기울어져 있는 듯 보이지 않았다. 그는 몸을 삼십 도 가량 옆으로 숙였다.

이렇게 하고 봐야 똑바로 서 있는 것처럼 보여.

그의 몸이 기역 자처럼 꺾였다. 심각한 얼굴로 몸을 꺾고 있는 그의 모습을 보고 있자니 웃음이 나왔다.

이렇게 하고 봐, 그럼 똑바르다니까.

그의 말에 그녀도 그를 따라 못 이기는 척 몸을 옆으로

Yeah, look: they're tilting to one side.

He insisted that the buildings on the other side of the river were leaning to one side. None of the buildings there seemed aslant to her. He bent his back sideways, about 30 degrees.

If you bend your back like this, they look like they're standing upright.

He bent his back further almost at a right angle. She couldn't help laughing, watching him in that posture with a serious look on his face.

Do this, and they look upright, I'm telling you.

She pretended to give in to his demand and tilted sideways. The three buildings looked aslant now as if they would completely tilt over at any moment. If someone's watching us right now, they'll think we're weird, she thought. Vincent looks just like my aunt; his eyes and the wings of his nose resemble my aunt's. I have my mother's eyes; so we may look like brother and sister to others, a very close and loving brother and sister, who've never separated from each other, never hurt each other, and never felt apologetic or guilty to each other. He straightened his back and she did the same.

I can't see her, can I? He asked, smiling.

No. She shook her head.

Oppa(elder brother)! She called him.

휘었다. 세 채의 건물이 곧이라도 쓰러질 듯 옆으로 비스
듬히 누웠다. 누가 우리를 본다면 웃기다고 생각하겠지.
그녀는 생각했다. 이모를 꼭 닮은 빈센트. 그의 눈매와
콧방울이 이모를 닮았고, 나의 눈매가 엄마를 닮았으므
로 어쩌면 우리는 누군가의 눈에 오누이처럼 보일지도
모를 것이다. 다정하고, 사이좋은 오누이. 단 한 번의 이
별도 겪지 않았고, 상처 따위 주고받은 적 없는, 서로에
게 미안함이나 죄책감 따위는 간직하지 않은 오누이. 그
가 몸을 일으켜 세웠다. 그녀도 몸을 일으켜 세웠다.

그녀를 볼 수 없는 거지?

그가 웃으며 물었다.

응.

그녀가 고개를 끄덕였다.

오빠.

그녀가 그를 향해 불렀다. 그녀의 옆에 서서 먼 곳을
응시하던 그는 그게 무슨 뜻이냐는 듯한 눈빛으로 그녀
를 바라보았다. 그와 그녀의 눈이 아주 짧은 순간 마주
쳤다. 그녀는 손을 뻗었다. 그의 손끝이 그녀의 손끝에
닿을락 말락 했다. 펑, 소리와 함께 검푸른 하늘로 불꽃
이 치솟았다. 사람들은 환호성을 지르고, 색색의 불꽃

Vincent, who'd been gazing far into the distance beside her, turned toward her with his eyes, asking what she meant by *Oppa*. They looked into each other's eyes for a fleeting moment. Her hand reached out. His fingertips almost touched hers. Then came a loud explosion with flames shooting up into the dark blue sky. Spectators hurrahed, and colorful fireworks arched across the sky like falling stars. Every now and then, she had dreamed of *that* day. Her brother would cry, insisting on tagging along. Unlike the real him in her memory, who promised with a smile to stay put and wait for her, her brother in her dream would wail, pestering her not to leave him alone and to take him with her. Her friends would call out to her, making her feel desperate. She would tell herself, "Just one ride," shaking off his hand. His hand would fall, drawing an arc in the air. "Sister!" She would hear him call her in an earsplitting cry. She would cover her ears with her hands, telling herself, "Just this once." It was of course a dream. However, was it really a dream? Watching the fireworks rising high up into the sky, she imagined, as Vincent had said, seeing the apartment buildings on the far side of the river slowly collapsing, through the dazzling flames of fireworks. What is that moment he desires to cap-

이 별똥처럼 떨어져 내렸다. 간혹 꿈에서 그녀는 그날의 일을 보았다. 그는 울고 있고, 그녀를 따라오겠다고 떼를 썼다. 꼼짝 않고 그녀를 기다리겠다고 웃으며 약속했던 기억 속의 그와 달리 꿈속에서 그는 그녀에게 놓고 가지 말라고, 데리고 가라고 떼를 쓰며 운다. 그녀는 친구들이 부르는 소리에 마음이 다급해져 딱 한 번만, 하는 마음으로 그의 손을 뿌리친다. 그의 손이 허공에서 곡선을 그으며 떨어지고, 누나! 하는 울음소리가 귀를 찢을 듯 크게 들리고, 그녀는 딱 한 번만, 하는 마음으로 귀를 막은 채 친구들 쪽으로 뛴다. 틀림없는 꿈이지만, 사실 그것이 꿈이었을까. 그녀는 하늘 높이 솟아오르는 불꽃을 바라보며 그가 말한 것처럼, 찬란한 불꽃 사이로 강 건너의 아파트가 천천히 무너져 내리는 모습을 상상했다. 그가 전 세계를 떠돌면서, 수많은 국경을 넘으면서, 밤하늘의 별처럼 무수한 도시들을 횡단하면서 사진 속에 붙잡아두고 싶었던 찰나는 무엇이었을까. 그녀는 며칠 있으면 그가 또다시 비행기를 타고 편서풍을 거슬러 대륙으로 날아갈 것을 알았다. 그리고 그가 가로지르는 것이 위도와 경도만은 아닐 거라고 생각했다. 그가 지구의 자전 방향을 따라 점차 동쪽으로

ture in his photographs, while meandering all over the world, crossing so many borders, traversing countless cities like the stars in the night sky? She knew that in a few days, he would get on an airplane again and fly to the continent against the prevailing westerlies. And what he would traverse wouldn't be just latitudes and longitudes, she thought. Just like when he came here, flying east in the direction of the earth's rotation, when he flew toward the sun that kept rising an hour earlier, latitudes and longitudes were not the only boundaries he crossed. When he wandered across the world, carrying the backpack that was bigger than him, chasing after the starlight that finally reached the earth after traveling for hundreds of millions of years, and when he flew here just for a stopover, she thought, perhaps he was slowly tracing back the thirty-eight years of his life against the flow of time. She knew that she would never be able to understand the man who carried in his backpack some handfuls of motley beans, as she would never fathom the heart of another man who'd cut off his own ear and given it to a prostitute. All she could do was picture in her mind the ever-shrinking image of the man sitting in an airplane—shrinking against the current of passing time, now as

날아 이곳에 왔을 때, 한 시간씩 점점 더 빨리 뜨는 태양을 향해 날았을 때 그가 거슬러 온 것이 위도와 경도만이 아니었을 것처럼. 그녀는 그가 몸피보다 더 큰 배낭을 메고, 수억 년만큼 뒤늦게 지구에 당도하는 별빛을 쫓아 온 세계를 떠돌아다닐 때, 그리고 그러다가 오로지 경유하기 위해서만 이곳으로 날아왔을 때, 그가 살아왔던 서른여덟 해가 천천히 시간의 흐름을 거슬러 반대로 흘렀을지도 모른다고 생각했다. 그녀는 가방 속에 색색의 콩을 한 움큼씩 넣어 다니는 그의 마음을 영원히 헤아릴 수 없으리란 것을 알았다. 자기의 귀를 잘라내어 창녀에게 건넨 사내의 마음을 짐작해볼 도리가 없듯이. 다만 그녀는 비행기 안에서 점점 작아졌을 그의 모습을 떠올려볼 수 있을 뿐이었다. 세월을 거슬러 엄지손톱만큼 작아졌다가 씨앗보다 더 작아졌을 그의 모습을. 힘써야 할 싸움이 많구나, 견뎌야 할 고통이 많구나, 올려야 할 기도도 많구나, 그러면 결국 평화가 오겠네.[1] 알 수 없는 어떤 것이 붕괴하듯이 또다시 굉음을 내며 화려한 불꽃이 하나 하늘로 높이 솟았다. 코발트

---

[1] 반 고흐가 79번째 편지와 동봉해 테오에게 보낸 영어 설교문 속 노래의 일부. (빈센트 반 고흐 지음, 정진국 옮김, 『고흐의 편지』, 펭귄클래식코리아, 2011 참조.)

small as a thumbnail, now tinier than a grain of seed. "So many fights to strive through, so much pain to persevere, and so many prayers to say, then at last comes peace."[1] As if something mysterious collapsed, another splendid ball of fire soared high up into the sky, making a deafening roar. Against the cobalt blue expanse, flames fell, making long arcs of tails like the vivid brush strokes of oil paint, only to fade and disappear soon. Their faces took on the colors of the fireworks. We must make a wish, she said. Wish? he asked. She closed her eyes to make a wish, although she could never recall it to mind. It was a starry night.

1) Cf. *Letters From Gogh*, By Vincent van Gogh. (Part of a song from an English sermon that Van Gogh enclosed in his 79th letter to his brother Theo.)

색 하늘 위로 유화물감의 선명한 붓 자국처럼 불꽃이 길게 꼬리를 그으며 떨어지다 이내 사라졌다. 그와 그녀의 얼굴이 불빛에 색색으로 물들었다. 소원을 빌어야 해, 그녀가 말했다. 소원? 그가 물었다. 그녀는 도무지 기억해낼 수 없는 소원을 빌기 위해 눈을 감았다. 별이 빛나는 밤이었다.

창작노트
Writer's Note

언젠가, 아직 등단하기 전에 '시차'라는 제목의 글을 쓴 적이 있다. 그 글은 최근에 발표한 「시차」와는 제목만 같을 뿐 배경이나 인물은 물론 줄거리까지 완벽히 다른 소설이었다. 지구 반대편에 사는 두 사람이 각자의 시간을 살아가다가 어느 한 순간 서로 통화를 하게 되면서 시간이 겹쳐지는 내용의 이야기였던 그 글은 지금 돌이켜 생각해보면 소설이라고 할 수도 없을 정도로 조악했다. 그 이야기는 소설의 형상을 제대로 갖추지 못한 채 그렇게 어둠 속으로 사라지고 말았지만 나는 '시차'라는 제목을 버리지 못했다. '시차'라는 제목의 소설을 다시 쓰고 말아야지, 하고 두 주먹 불끈 쥐며 다짐

Once, before my debut, I wrote a story entitled "Time Difference." Although that story had the same title as the novella that has recently been published, the two stories are completely different in setting, characterization, and plot. The older story is about two people, one living on one side of the earth and the other on the opposite side. One day they happen to talk to each other on the phone and their timeframes overlap. Looking back, I admit that it was too coarse even to be called a work of art. Given no proper artistic structure, that story never saw the light of day. Nevertheless, I couldn't dismiss the title "Time Difference" from my mind. It isn't that I have since been dead-set at

했던 것까지는 솔직히 아니었지만 막연하게나마 어떤 식으로든 '시차'를 가지고 소설을 쓸 일이 있으리라는 것을 예감하고 있었다고 해야 할까. 그만큼 '시차'라는 말은 내게 매혹적인 단어였다.

'시차'는 글자 그대로 '시간의 차이'를 가리키는 말이다. 이를테면 누군가 한국과 에콰도르 사이에는 15시간의 시차가 있다고 한다면 그 말은 한국이 오전 아홉 시일 때 에콰도르에서는 오후 여섯 시라는 사실을 의미한다. 그렇지만 시간의 차이는 세계의 각 지역 간에만 존재하지 않는다. 내 눈길을 끄는 것은 늘 사람과 사람 사이에 존재하는 시차였다. 사람들이 저마다 다른 속도로 흐르는 시간을 가지고 태어나기라도 하는 것처럼, 한 사람과 다른 사람의 시간이 포개어지는 순간은 언제나 허망하리만치 짧았다. 대개의 진심은 늘 너무 늦게, 혹은 너무 일찍 당도한다. 적절한 시간에 도착하지 못해 빗나가는 마음들, 생겨나는 오해들이 일상을 파문처럼 흐트러뜨렸다. 사람들의 마음은 도대체 왜 늘 조금씩 빗겨나가는 것일까. 모든 것이 정시(正時)에 서로 마주하는 세상을 가끔 상상해본다. 그런 세상은 정말 평화롭겠지. 내가 사랑한다고 고백하려 할 때 상대 역시 더

writing another story with the same title; it's more like somewhere in the back of my mind I've always had a premonition that someday I will produce another work, one way or another, with the same title. I have been intrigued by the notion of time difference that much.

Time difference is literally the difference in time of course. For example, if someone says there is a 15-hour time difference between Korea and Ecuador, that means when it's nine a.m. in Korea, it's six p.m. in Ecuador. However, time difference doesn't exist only between the different regions of the world. What intrigues me the most has always been the time difference between people; as if each person is born into this world with his or her own speed of time, and the time overlap between two people always seems much too brief. As a result, most heartfelt truths reach their destinations either too late or too early. Hearts that miss each other because of inaccurate timing and consequent misunderstandings create disturbing ripples in our everyday lives. Why do people's hearts keep deviating slightly from each other? I sometimes try to imagine a world where hearts always meet each other right on time. It must be a really peaceful world. When I'm about to declare my love to a

도 덜도 말고 딱 그만큼 자라난 마음으로 내 마음에 응답하고, 내가 누군가에게 미안한 마음이 드는 바로 그 순간 상대 역시 사과를 받아들일 준비가 되어 있는 세상에서는 상처 따위가 없을 것이다. 그렇지만 그런 세상에는 어떠한 이야기도 존재하지 않을 게다. 그런 세상에서는 어떤 사건도 일어나지 않을 테니까 말이다.

진심이, 마음이 언제나 너무 늦게 혹은 너무 일찍 당도하게 되는 것은 시간이 한 방향으로 흐르는 성질을 갖고 있기 때문일지도 모르겠다. 흘러가버린 시간을 되돌릴 수 있는 방법은 어디에도 없으니까. 지난 계절을 지나며 나는 속절없이 흐르는 시간이 지닌 폭력성에 대해 계속 생각했다. 「시차」를 다 쓰고 출판사에 넘기기 직전의 어느 날, 나는 뉴스를 통해 세월호 침몰 소식을 처음 접했다. 밥을 먹고 있었는데 식당에서 누군가 켜놓은 텔레비전에서는 바다에 가라앉은 선박의 모습과 함께 전원 구조되었다는 소식이 흘러나왔다. 다행이라고 안도했던 것 같다. 참 기이한 사건도 다 일어나네, 하고 대수롭지 않게 생각하며 먹던 밥을 마저 맛있게 먹었다.

man, for instance, the man's heart responds to mine with exactly the same, not more or less, depth of love. When I feel like apologizing to someone, that person is also ready to accept my apology. Then there is no hurt. In that world, how-ever, there are also no stories to tell, since nothing ever happens to talk about.

Perhaps it is because time flows only in one di-rection that true hearts always arrive at their desti-nations too late or too early. It is, in other words, because there's no way of turning back time.

Throughout the spring of this year, I kept thinking about the violence inherent in the inevitable pas-sage of time. It was when I finished writing "Time Difference" and was about to submit it to the pub-lisher that I happened to hear the news of the sunken ferry Sewol. I was eating in a dining hall and saw a sunken ship on a TV that someone had left on. When I heard that every passenger had been rescued, I felt relieved. What a strange acci-dent! I thought at the time. I didn't make much of it and finished eating a delicious meal.

"Time Difference" has nothing to do with the Se-wol Ferry shipwreck; but since my story was about time—as it happens, the name of the ferry "Sewol"

「시차」는 세월호 침몰 사건에 관한 내용이 전혀 아니었지만 시간에 관한 글이었으므로 잡지에 소설이 실려 나왔을 때 나는 세월호에 대한 생각을 떨쳐버릴 수가 없었다. 하필이면 배 이름도 세월이었다. 세월은 흘러가는 시간이라는 뜻을 지닌 명사다. 꼼짝하지 못하는 '세월'에 갇힌 아이들이 붙잡을 수 없는 시간이 야속하게 흐르는 사이 죽음을 맞이하는 광경을 실시간으로 목격할 수밖에 없음은 지독한 아이러니였다. 현실이 아이러니하든 말든, 시간은 계속 흘러갔다. 세월호를 둘러싼 많은 말들이 있었고, 많은 일들이 벌어졌다. 우리는 유가족의 마음과 정부 관계자들의 마음이 끝도 없이 빗나가는 것을, 국민이 요구하던 최선과 노력, 책임이라는 말이 제 때, 어디에도 당도하지 못한 채 스러지는 순간을 끊임없이 지켜봤다. 골든타임 몇 분을 되돌리지 못해 아이들이 죽었다는 생각이 마음을 참담하게 했지만, 되돌리지 못함을 아쉬워해야만 하는 시간은 그 몇 분만이 아니었음을 우리는 더욱 절절히 알았다.

처음 「시차」에 대한 창작노트를 쓰려고 마음먹었을 때 나는 되돌릴 수 없는 시간이, 그럼에도, 가지고 있는

means "passing or flowing time"—I couldn't free my mind from the shipwreck when "Time Difference" was published in a journal. The children, locked up inside "Sewol"—both the ferry and the passing of time, which was at a standstill—were faced with death while time was passing unsympathetically. Having to witness it in real time was a cruel irony. Oblivious to these ironical realities, time kept flowing. Since then, much has been said and many things have happened regarding the Sewol Ferry tragedy. We have been witnessing, over and over again, the moments when the wishes of the bereaved and the thoughts of the government officials continuously failed to coincide with each other, and the people's demand for an all-out effort and an assumption of responsibility that end up fading into nothing. The thought that the children perished because we lost several hours of precious time makes us utterly miserable. Nevertheless, we are now fully and bitterly aware that that time is not the only moments we regret not having returned to us, so that we might be able to stop the causes of this tragedy.

When I first decided to compose the writer's notes for "Time Difference," I thought I would talk

아름다움에 대해서 이야기하려 했다. 지나간 사랑이 그러하듯 과거가 되어 버린 것은 결국 다 미화가 되는데, 나는 그것이 서사가 되어 버린 무엇인가가 주는 울림이라고 믿는다고 쓰려 했다. 나는 소설가로서 그런 서사적 울림을 포착하고 싶었노라 쓸 계획이었다. 애초에 이 소설을 구상하던 올해 초의 내 마음은 그러했으니까. 그래서 나는 소설이 쌀 한 톨을 만들지 못하고, 전쟁을 돌이킬 수 없고, 죽어가는 사람을 살려낼 수도 없는 하찮은 것이지만 그렇게 하찮은 것으로 인간의 유한한 삶이 지닌 아름다움을 그려낼 수 있다는 것에서 기쁨을 느낀다고 쓰려고 했었다. 그렇지만 이 글을 쓰고 있는 동안 그렇게 글을 끝맺어서는 안 되겠다는 생각이 들었다. 글을 쓰려고 노트북 앞에 앉아 있는 사이에 생존한 단원고 학생들이 뙤약볕 아래 40여 킬로미터를 걷고 또 걸어 국회로 향하고 있다는 소식을 들었기 때문이다. 아이들은 그저 친구들의 억울한 죽음의 원인을 알고 싶을 뿐이라고 했다. 그 소식을 들으며 나는 방 안에 틀어놨던 선풍기를 껐다. 뙤약볕 아래 함께 걸어주지도 못하면서 시원한 방에 편히 앉아 있는 것은 괴로운 일이었다.

about the irrevocable nature of time and the beauty it nonetheless possesses. I was going to write as follows: Like an old love, all the things of the past tend to be beautified in the end; I believe the beauty comes from the echoes produced by the things that have turned into narrative; and as a novelist, I want to capture those narrative echoes. That was what I had in mind at the beginning of this year while I was planning to write the story. And I planned to conclude with this: "Although fiction has no power to make even a grain of rice, stop war, or revive a dying person, as powerless as it may be, fiction can depict the beauty of the finite human life. And my happiness stems from it."

However, while writing these notes, I changed my mind about their conclusion. While I was sitting at my laptop, I heard that the survivors of the Sewol Ferry disaster from Danwon High School were walking under the scorching sun over 40 kilometers toward the National Assembly. The students said they just wanted to know why their friends had to die such unfair deaths. When I heard the news, I turned off the fan in my room. It was just painful to sit comfortably in the cool room when I couldn't join them in the march under the blazing sun.

시간이 아무리 흘러도 미화되지 않는 일들도 분명히 존재할 것이다. 끝내 완결될 수 없는 서사도 틀림없이 존재할 것이다. 시간이 약이라는 말이 비겁한 변명, 이기적인 외면을 위한 구실이 될 뿐인 그런 일들이 세상에는 계속 존재할 것이다. 그런 것이 삶이니 덤덤히 받아들여야 한다고는 생각하고 싶지 않다. 시간은 여전히 공평한 척하며 규칙적이고 무자비하게 세월호 유가족들과 피해자들의 손목 위에서도 흐르고 있다. 시간이 아무리 흘러도 망각되어서는 안 되는 일들에 대해서 생각한다. 이 글을 빌어 온 마음을 다해 세월호 사건으로 인해 목숨을 잃은 분들의 명복을 빈다.

There must be events that can never be beautified, however long a time passes. There must be narratives that can never be completed. Events for which the saying "Time heals all sorrows" is but a cowardly excuse and a selfish pretense for the sake of appearances will persist in the world. However, I don't want to tell myself that's life and I'll just have to accept it. Time is still ticking away on the wrists of the victims and the bereaved of the Sewol Ferry tragedy, methodically and mercilessly, pretending to be fair. I think of events that must never be forgotten with the passage of time. I take this opportunity to pray wholeheartedly for the repose of the souls of those who lost their lives in Sewol Ferry.

해설
Commentary

B, C, D

황현경 (문학평론가)

삶이 탄생과 죽음 사이의 선택이라는 건 곱씹을수록
고약한 말이다. 누군들 제 삶이 나락으로 떨어지길 바
랄까. 하지만 살면서 마주치는 수많은 갈림길에서 때로
는 최선이라 여기며 선택한 길이, 때로는 어찌해볼 도
리도 없이 선택된 길이 그 나머지보다 나으리라는 보장
은 좀처럼 없다. 그렇다면 삶은 걷지 못한 길에 대한 후
회와 걸어갈 길에 대한 걱정의 연속 아닌가. 아니 이건
거짓말이다. 저도 모르는 사이에 삶은 계속 흘러가니
까. 그러다 문득 삶이 어딘가 잘못된 곳에 도달했다는
것을 깨닫게 되는 순간이 오면 그제야 후회도 걱정도
물밀듯 밀려오는 것이겠다. 삶보다 언제나 턱없이 짧을

B, C, D

Hwang Hyun-kyung (literary critic)

The notion that life consists of choices made between birth and death leaves a nasty taste in the mouth whenever one thinks about it. And who wants his or her life to fall into an abyss? Nevertheless, there's no guarantee that whichever one opts for among the countless choices given in life —either the seemingly best option or an inevitable one—it will be better than the rest of the choices. If so, life is a series of regrets for the paths precluded and worries about the paths taken. But, no, that cannot be true, because life keeps marching on, with us unaware. Then the moment comes when we realize our lives have somehow reached the wrong destination. Only then, regrets and wor-

뿐인 한 편의 소설이 삶을 통째로 담아내곤 하는 것은 이 때문이다. 삶이 아주 조금씩 비틀리기 시작한 한 순간, 그로부터 한참을 틀어져 버린 삶을 불현듯 마주하게 되는 나중의 한 순간. 소설 속에 그려진 이 두 지점만으로 우리는 그들의 삶이 마저 어디로 흘러갈 것인지를 짐작하게 된다. 이러한 시차(時差) 덕에 소설은 삶을 닮는다.

백수린의 소설 「시차」에서 그 두 지점 사이의 거리는 자그마치 십칠 년에서 삼십팔 년에 달한다. 먼저 '그녀'. 대학교수인 부모 밑에서 명문대학을 졸업하고는 좋은 직장에 들어가 변호사 남편을 만나 결혼한 그녀의 삶은 여태껏 그래왔듯 평화롭게만 흘러갈 것 같다. 그랬던 그녀에게 평생 그 존재도 모르고 지냈던 이종사촌 정훈과 만나달라는 어머니의 부탁이 날아든다. 삼십팔 년 전, 그녀의 이모에게서 태어나자마자 네덜란드로 입양되어 빈센트라는 이름으로 살아온 그에게 그녀는 생모인 이모가 그를 만나지 않으려 한다는 말을 전해야 한다. 그럴 때의 그녀에게 필요한 것은 망설이고 머뭇거릴 시간. 그것은 종로에서부터 수산시장을 거쳐 남산으로 향하는 하루 동안의 여정으로도 충분치가 않다. 그

ries surge over us. That's how a work of fiction—so much shorter than life that it's beyond comparison—can depict the entirety of life.

Two crucial points of time are given in a work of fiction: the moment when the protagonist's life begins to swerve ever so slightly from its path and the moment later when the protagonist is faced with his or her life arriving far off its original path. Yet even with just these two points, we can conjecture where the rest of the protagonist's life will lead. Because of this time difference between these two points, fiction resembles life in reality.

The distance between two critical points of time in Baik Sou linne's short story "Time Difference" is 17 and 38 years. At first, "she," the main character, seems to have lived and continues to live a peaceful life. Both her mother and father are university professors; she graduates from a prestigious university; she finds a good job after graduation and marries a lawyer whom she meets at work. Then one day, her mother asks her to meet a maternal cousin, Jung-hun, whose existence she has never known about.

She learns that 38 years ago, as soon as her aunt gave birth to Jung-hun, he was adopted by a Dutch couple and has lived in the Netherlands with a new

리하여 그들이 다시 만난 토요일, 함께 63빌딩에서 빠져나와 불꽃축제가 벌어지는 여의도의 인파 사이를 배회하고서도 좀처럼 그 말을 꺼내지 못하는 그녀를 향해 그가 웃으며 선선히 묻는다. "그녀를 볼 수 없는 거지?"

아무렇지 않은 듯 건네진 이 질문에 이르러, 한국이 다만 여정 중 지나가는 곳에 불과하다는 쉽사리 믿기지 않던 그의 말은 정말이었는지도 모르겠다. 태어나던 순간부터 버려졌던 그는 생모를 만난다 한들 지난 삼십팔 년을 되돌릴 수 없다는 것을 이미 알고 있는 게 아닌가. 밤하늘의 별빛이 수억 년 전 반짝였다 사라진 별의 흔적일 뿐이라면, 그에게 있어 세계 곳곳을 떠돌며 별의 자취를 사진으로 담는 일은 곧 돌아가 바로잡을 수 없는 그날과 오늘 사이의 시차를 받아들이기 위한 나름의 의식과도 같은 일이 아니었을지. 저기 저 우주의 영원과도 같은 시간 아래에서라면 우리의 시간은 그저 색색의 콩 한 움큼처럼 보잘것없다는 것을, 그 우주가 끝나는 날 그러한 한 줌의 시간마저 사라지리라는 것을 수궁하는 것. 그리함으로써 그는 끊임없이 떠돌아다니는 그 뿌리 없는 삶을 살아낼 수 있었다. "만사가 변하게 마련이라는 불멸의 법칙을 알고 있었다"던 빈센트 반 고

name, Vincent. Her mother asks her to deliver the message to her cousin that her aunt, his biological mother, will not meet him. But now she feels the need to hesitate and debate whether or not and how to deliver the message. Indeed, the whole day that she spends showing her cousin around Seoul, from Chong-ro to the Marine Products Market to the Nam Mountain, is not an enough time for her to muster the courage to tell him his Korean mother's decision.

Then they meet again, several days later, and visit the 63 Building, and join a large crowd gathered to see a fireworks festival in Yeoui-do. Still, at the end of this second day, she still cannot bring herself to deliver her aunt's message. When she is in agony, he asks candidly and with a smile, "I can't see her, can I?"

Judging by his nonchalant tone, he may be telling the truth when he says that, for him, Korea is only a stopover in his journey, which "she" finds hard to believe at first. Abandoned the moment he was born, he already knows that he can never turn back the past 38 years even if he meets his biological mother. If the starlight in the night sky is nothing but the traces of stars shining brightly for a while hundreds of billions of years ago, his wandering

흐, 엔트로피의 증가를 수식화한 물리학자 볼츠만의 이름을 딴 그의 고양이 등은 이러한 그의 삶을 섬세하게 은유하고 있다.

그런 그와의 만남은 그녀에게 무엇이었을까. 십칠 년 전, 그녀는 초등학교 졸업식 날 부모 없이 둘만 찾아간 놀이공원에서 동생의 손을 놓았다. 그녀가 친구들과 놀이기구를 타고 돌아오기까지의 그 짧은 순간에서부터 지금까지 동생은 돌아올 줄을 모른다. 누구도 동생을 잃어버린 그녀를 탓하지는 않았으나 그렇다고 그간의 삶이 그날의 기억에서 자유로운 것일 수는 없을 터. 행운만으로 가득한 듯 보이는 그녀의 삶은 그날 이미 본궤도에서 어긋나기 시작했던 것이다. "아무것도 달라지지 않았고, 모든 것은 그대로였지만 단 하나도 그대로인 것은 없었고, 모든 것은 달라져 있었다." 십칠 년이 지난 지금, 불꽃놀이를 구경나온 수많은 인파 속에서 다급하게 그의 뒤를 쫓던 그녀에게 "아주 오래전 잃어버린 줄만 알았던 감각들"이 되살아난다. 정훈에게 있어 깨달음은 별의 탄생과 소멸처럼 오랫동안 천천히 도래하는 것이었으나, 그녀에게 그것은 화려하게 불타오르다 이내 사라져버리는 불꽃처럼 갑자기 찾아온다. 작

around the world and taking pictures of them may well be a kind of ritual for him in order to accept the time difference between today and the day he can never go back to and change. By embracing the notion that within the time frame of the universe, human time is as insignificant as a handful of the motley beans that he buys at a market, and by accepting the destiny that even that handful of time will disappear on the last day of the universe, he can live through his rootless life of wandering. The motifs of the Dutch painter Vincent van Gogh, who knew "the everlasting truth that everything is bound to change," his cat named after Boltzmann, the physicist who developed an algorithm to measure the increase in entropy, and so forth are used as subtle metaphors for the cousin's life.

What then does meeting her cousin Vincent mean to the protagonist? Seventeen years ago, on the day she graduated from elementary school, she let go of her younger brother's hand at a crowded amusement park, where she took him without her parents. Since the moment she got on a brief amusement ride with her friends, she has never seen her brother again. No one has blamed her for leaving her brother alone, which nevertheless does not mean she has been able to free herself from

가는 잃어버린 감각들과 한없이 미뤄진 후회가 그녀를 향해 한꺼번에 몰려오는 그 '순간'을 서사가 아닌 묘사로, 소설이 아닌 시로 아름답게 그려낸다.

이것이 작가가 포착한 그녀의 삶의 결정적인 두 지점이다. 동생을 잃어버린 십칠 년 전의 한 순간, 그로부터 삶이 천천히 잠식되어 왔음을 깨닫는 십칠 년 후의 한 순간. 그렇다면 그녀의 남은 삶은 이 두 지점의 연장선상에서 속절없이 무너지고 말 것인가. 아니 무언가가 붕괴하는 듯한 굉음과 함께 불꽃이 하늘로 솟아오르던 그 순간, 삶은 다시금 반대쪽을 향해 휘청거린다. 정훈의 지난 삼십팔 년은 강 건너 쓰러져가는 건물의 기울기에 따라 몸을 굽히는 식으로 기울어진 삶에 저를 맞춰 살아가는 과정이었다. 반면 그를 따라 못 이기는 척 몸을 옆으로 휘어보는 그녀에게 바로 서 있는 듯했던 삶은 그제야 비로소 무너질 듯 기울어져 보인다. 그렇게 그들은 같은 자세로, 좁혀진 시차(視差)로 나란히 앉아 저마다의 삶을 함께 바라본다. 작은 몸짓을 통해 소통의 기미를 드러내는 이 장면은 닿을락 말락 하게 자리한 "낯이 익어 낯선 그"와 그녀가 이미 서로에게 한껏 다가서 있음을 암시한다. '너'와 '오빠' 사이의 거리만큼

the devastating memory of that day. Her seemingly fortunate life, in fact, started to deviate from its path on that day. "[N]othing had changed with everything remaining the same, but in fact, nothing had since been the same and everything had changed." Now, seventeen years later, hastening to follow her cousin in the throngs of people heading to the fireworks, she suddenly becomes aware that "her senses began coming to life—the senses she thought had been lost to her." To Jung-hun, enlightenment comes over a long period of time, like the birth and death of stars; but to his cousin it comes without warning, like the fireworks in sudden brilliant flames, although only for a momentary existence. The writer paints rather than narrates, using poetry rather than prose, the moment the protagonist's once-forgotten senses and long-delayed regrets sweep over her.

These are two decisive points of time in the protagonist's life, which the author focuses on: the moment she loses her brother and seventeen years later, when she realizes how her life has been encroached upon slowly but steadily. If so, is the rest of her life supposed to collapse hopelessly on the continuum between the two moments? The answer is no. The moment the fireworks light up the sky,

그녀는 그에게 다가서 있다.

하여 그녀는 그와 같은 이름의 화가 고흐가 동생 테오에게 편지로 적어 보낸 말들을 떠올린다. "힘써야 할 싸움이 많구나. 견뎌야 할 고통이 많구나. 올려야 할 기도도 많구나. 그러면 결국 평화가 오겠네." 이 말들은 그녀가 그에게 들려주는 말인 동시에 그가 그녀에게 들려주는 말이며, 그가 그 자신에게 줄곧 들려주었던 말, 그리고 이제 막 그녀가 그녀 자신에게 들려주기 시작한 말이다. 그런 그가 잠시 머물다 떠나버린 후, 남겨진 그녀는 그가 걷고 또 걸었다던 북극의 차가운 적막과 그 한가운데에서 방황하며 느꼈을 그의 고독을 상상한다. 떠나고 얼마 지나지 않아 국제우편을 통해 직접 찍은 밤하늘의 사진을 보내온 그 역시 그녀의 고독을 상상했는가 보다. 깨달음은 시차를 두고 도착한다고 했던가. 그렇다면 어떤 위로나 격려 역시 뒤늦게 도착하기도 하는 것 아닌가. 그와의 짧은 만남으로부터 지난 십칠 년을 직시하게 된 그녀는 비틀린 삶을 다시 원래의 궤도로 돌려놓기 위해 내내 고통스러울 터, 그가 보내온 엽서의 끝에 전부 다 대문자로 힘주어 적힌 "HAVE A GOOD LIFE" 이상의 그 어떤 말이 그녀에게 더 필요할까.

and with a thundering noise, as if something enormous is crumbling down, her life staggers, turns around, and faces the opposite direction. Jung-hun has been striving for the past 38 years to adjust himself to his already tilted life, just as he bends his back sideways at the angle of slant of the rundown buildings on the far side of the river to see them upright. On the other hand, only when she pretends to give in to Jung-hun and also bend her back sideways to see his viewpoint, does her life, which seemed so far to have been upright, suddenly look aslant, as if it could collapse at any moment. Now they stand side by side in the same posture, gazing at their individual lives from their closer-than-ever points of view. This scene, in which the two cousins stand within reach of each other, seems to indicate the possibility of their mutual understanding; the protagonist and her cousin, who is "unfamiliar despite, no, because of the familiarity," have already come as close as possible to each other, as implied by the change in the way she addresses him, from "you" to "*oppa.*"

At this point she recalls phrases in a letter from Van Gogh, the painter with the same first name as her cousin, to his brother Theo: "So many fights to strive through, so much pain to persevere, and so

첫 소설집인 『폴링 인 폴』(문학동네, 2014)에서 확인되는바 백수린은 소통이 선명한 이해가 아닌 희미한 공감에서 출발한다는 것을 알고 있는 작가다. 남과는 다른 말의 질서를 지닌 이들을 자주 등장시켰던 것도 이해를 거치지 않은 공감만으로 이루어지는 소통을 말하기 위함이었으리라. 그러나 이해하지 못할 이가 어찌 타인뿐이겠는가. 여기 그녀처럼 현재의 나에게 있어 영원한 타자는 곧 과거의 저 자신 아니겠는가. 「시차」는 현재와 과거 사이의 희미한 소통이 시작되려는 순간을 그녀와 그가 서로에게 말없이 말 거는 순간과 나란히 놓음으로써, 과거의 자신에게 손을 내미는 그 일이 남을 향해 조심스럽게 다가가는 일만큼이나 어렵고 또 위대한 일임을 보여준다. 과거의 나와 현재의 나 사이의 시차는 그 무엇으로도 좁힐 수 없는 것이기에, 그녀로서는 저 자신의 어리석었던 선택으로 말미암은 결과를 받아들이고 후회를 정직하게 겪어내는 것만이 할 수 있는 전부일 테다. 그뿐일지언정, 오직 그것만이 제 삶을 온전히 제 것으로 살아내는 방법이다. 이제 그녀 앞에는 후회를 껴안고 살아가야 할 남은 삶이 놓여 있다. 힘겹고 고통스러운 여정이 펼쳐질 그녀의 삶은, 그러한 번민들이

many prayers to say, then at last comes peace." These words are at once what she tells her cousin, what he tells her, what he has always been telling himself, and what she begins to tell herself.

Jung-hun leaves Korea after a brief stay, and she, now alone, imagines the cold desolateness of the North Pole, where he wandered on and on, and the loneliness he must have felt in the middle of it all. As if he too has been imagining her loneliness, he sends her, not long after his departure, a picture of a night sky that he has taken. If enlightenment can arrive belatedly, then perhaps consolation or encouragement can do the same. Through the meeting with Jung-hun, she comes to face the twisted 17 years of her life; and from now on she has to endure much pain for a long time in order to get her life back on track. At the end of Jung-hun's short letter, she finds his wholehearted encouragement firmly printed in capital letters: "HAVE A GOOD LIFE," the strongest possible encouragement for her.

As can be confirmed in *Falling in Fall* (Munhak dongne, 2014), her first collection of novellas, Baik Sou linne is a writer who knows that communication begins in vague sympathy rather than clear understanding. I believe that her characters, whose

밤하늘의 별처럼 생생하게 살아 반짝일 그녀의 삶은,
이제부터 비로소 별이 빛나는 아름다운 밤이다. 그 많
은 밤을 앞둔 그녀에게,

HAVE A GOOD NIGHT.

grammar is often different from others, embodies communication through sympathy alone, skipping the process of understanding altogether. However, the others are not the only ones who are beyond our understanding. Like the protagonist in "Time Difference," one's eternal other of the present can also be none other than one's own self of the past. By juxtaposing the moment that a vague communication between the protagonist's present and past begins with the moment she initiates a non-verbal communication with her cousin, the writer demonstrates that reaching out to one's own self of the past is as difficult and noble as reaching out carefully to others. Nothing can bridge the time difference between herself of the past and herself of the present; the protagonist has no other option but to accept the consequences of her unwise choice of action and take an honest look at and live through her regrets. In fact, that is the only way for her to live her life as her own. Now she is confronted with the remainder of her life, which she has to live, embracing her regrets. Her life ahead, arduous and painful as it may be as long as her regrets persist vividly and unfadingly, like the stars in the night sky, has the potential to become as beautiful at last as star-studded nights. To her, who has so many starry nights ahead of her,

HAVE A GOOD NIGHT.

비평의 목소리
Critical Acclaim

아름답지 않은가. 예컨대 이 소설은 슈퍼카의 엔진룸이나 고급 시계의 무브먼트가 아름다운 방식으로 아름답다. 있어야 할 것이 정확한 형태로 정확한 위치에 있을 때에, 이렇게도 저렇게도가 아니라 반드시 이런 식으로 쓰일 수밖에 없을 때에 그 정확함은 기능의 차원을 초과해 어떤 필연적 미학의 차원에 육박한다. 이제 막 소설가로 출발하는 자리에서 소설만의 어떤 아름다움을 이토록 섬세하게 고민하는 작가라면 그 어떤 이야기라도 아름다운 소설로 써내려갈 수 있지 않을까.

황현경, 「어떤 아름다움은」, 《기획회의》 370호, 2014

This short story is beautiful in the way that the engine in a fine automobile or the jeweled movements of a high-end watch are beautiful. When something is exactly where it should be and exactly what it should be, when a piece of writing is exactly as it should be—neither this or that way—that accuracy approaches an aesthetics beyond the dimensions of simple necessity and functionality. Perhaps a writer who thinks of beauty in fiction in this delicate and exact way, at the stage when she begins her writing career, will be able to turn any story into beautiful fiction?

Hwang Hyun-kyung, "A Certain Beauty,"

Planning Meeting, vol. 370, 2014.

이제 첫 책을 내는 소설가 백수린의 경우는 어떨까. 이 책에는 등단작과 표제작을 포함하여, 최근 삼 년여 사이에 발표된 아홉 편의 단편소설이 실려 있다. 이들을 함께 놓고 보면, 가장 눈에 두드러지는 것은 아홉 편의 작품들이 지니고 있는 서사적 다양성이다. 여기에는 소재적인 다양함과 서사 구성 기법의 다채로움이 함께 어우러져 있다.

서영채, 「신진기예 백수린의 작가적 가능성」, 『폴링 인 폴』,

문학동네, 2014

What about the case of Baik Sou linne, whose first collection is now published? This is a collection of nine short stories published in the past three years. Seeing them together, what stands out is their narrative variety—not only the variety in subject matter, but also in their narrative techniques.

Seo Young-chae,

"Authorial Possibilities of New Talent Baik Sou linne,"

Falling in Fall, (Munhakdongne, 2014)

K-픽션 010
시차

2015년 8월 3일 초판 1쇄 발행
2021년 11월 29일 초판 2쇄 발행

지은이 백수린 | **옮긴이** 전미세리 | **펴낸이** 김재범
기획위원 정은경, 전성태, 이경재
펴낸곳 (주)아시아 | **출판등록** 2006년 1월 27일 제406-2006-000004호
주소 경기도 파주시 회동길 445
전화 031.955.7958 | **팩스** 031.955.7956 | **홈페이지** www.bookasia.org
ISBN 979-11-5662-123-2(set) | 979-11-5662-125-6 (04810)
값은 뒤표지에 있습니다.

K-Fiction 010
Time Difference

Written by Baik Sou linne | Translated by Jeon Miseli
Published by ASIA Publishers
Address 445, Hoedong-gil, Paju-si, Gyeonggi-do, Korea
Homepage Address www.bookasia.org
Tel. (8231).955.7958 | Fax. (8231).955.7956
First published in Korea by ASIA Publishers 2015
ISBN 979-11-5662-123-2(set) | 979-11-5662-125-6 (04810)

바이링궐 에디션 한국 대표 소설

한국문학의 가장 중요하고 첨예한 문제의식을 가진 작가들의 대표작을 주제별로 선정!
하버드 한국학 연구원 및 세계 각국의 한국문학 전문 번역진이 참여한 번역 시리즈!
미국 하버드대학교와 컬럼비아대학교 동아시아학과, 캐나다 브리티시컬럼비아대학교 아시아
학과 등 해외 대학에서 교재로 채택!

바이링궐 에디션 한국 대표 소설 set 1

분단 Division

01 병신과 머저리-**이청준** The Wounded-**Yi Cheong-jun**
02 어둠의 혼-**김원일** Soul of Darkness-**Kim Won-il**
03 순이삼촌-**현기영** Sun-i Samch'on-**Hyun Ki-young**
04 엄마의 말뚝 1-**박완서** Mother's Stake I-**Park Wan-suh**
05 유형의 땅-**조정래** The Land of the Banished-**Jo Jung-rae**

산업화 Industrialization

06 무진기행-**김승옥** Record of a Journey to Mujin-**Kim Seung-ok**
07 삼포 가는 길-**황석영** The Road to Sampo-**Hwang Sok-yong**
08 아홉 켤레의 구두로 남은 사내-**윤흥길** The Man Who Was Left as Nine Pairs of Shoes-**Yun Heung-gil**
09 돌아온 우리의 친구-**신상웅** Our Friend's Homecoming-**Shin Sang-ung**
10 원미동 시인-**양귀자** The Poet of Wŏnmi-dong-**Yang Kwi-ja**

여성 Women

11 중국인 거리-**오정희** Chinatown-**Oh Jung-hee**
12 풍금이 있던 자리-**신경숙** The Place Where the Harmonium Was-**Shin Kyung-sook**
13 하나코는 없다-**최윤** The Last of Hanak'o-**Ch'oe Yun**
14 인간에 대한 예의-**공지영** Human Decency-**Gong Ji-young**
15 빈처-**은희경** Poor Man's Wife-**Eun Hee-kyung**

바이링궐 에디션 한국 대표 소설 set 2

자유 Liberty

16 필론의 돼지-**이문열** Pilon's Pig-**Yi Mun-yol**
17 슬로우 불릿-**이대환** Slow Bullet-**Lee Dae-hwan**
18 직선과 독가스-**임철우** Straight Lines and Poison Gas-**Lim Chul-woo**
19 깃발-**홍희담** The Flag-**Hong Hee-dam**
20 새벽 출정-**방현석** Off to Battle at Dawn-**Bang Hyeon-seok**

금기와 욕망 Taboo and Desire

바이링궐 에디션 한국 대표 소설 set 6

운명 Fate

미의 사제들 Aesthetic Priests

식민지의 벌거벗은 자들 The Naked in the Colony

바이링궐 에디션 한국 대표 소설 set 7

백치가 된 식민지 지식인 Colonial Intellectuals Turned "Idiots"